U0103679

秋色连波

不关风月

原来这么美

宋词

八月安妮 著

北京联合出版公司
Beijing United Publishing Co.,Ltd.

图书在版编目（CIP）数据

秋色连波，不关风月：宋词原来这么美 / 八月安妮
著 . —北京：北京联合出版公司，2023.9
ISBN 978-7-5596-7060-1

Ⅰ. ①秋… Ⅱ. ①八… Ⅲ. ①宋词—诗歌欣赏—通俗
读物 Ⅳ. ① I207.23-49

中国国家版本馆 CIP 数据核字 (2023) 第 117971 号

秋色连波，不关风月：宋词原来这么美

作　　者：八月安妮
出 品 人：赵红仕
责任编辑：刘　恒
封面设计：吴黛君

北京联合出版公司出版
（北京市西城区德外大街83号楼9层 100088）
北京新华先锋出版科技有限公司发行
三河市宏达印刷有限公司印刷　新华书店经销
字数160千字　787毫米×1092毫米　1/32　8印张
2023年9月第1版　2023年9月第1次印刷
ISBN 978-7-5596-7060-1

定价：49.00元

目录

宋词

念佳人、音尘别后，对此应解相思。

最关情、漏声正永，暗断肠、花影偷移。

料得来宵，清光未减，阴晴天气又争知。

共凝恋、如今别后，还是隔年期。

人强健，清尊素影，长愿相随。

——晁端礼《绿头鸭·咏月》

第一辑

初相识

醉垂鞭[一]

张　先

双蝶绣罗裙，东池宴，初相见。朱粉不深匀，闲花淡淡春。

细看诸处好，人人道，柳腰身。昨日乱山昏，来时衣上云。

注释

[1] 醉垂鞭：词牌名，首见于张先词。双调四十二字，前后段各
五句，三平韵、两仄韵。

译文

我们初次相见是在东池的酒宴上，她穿着一件绣有一对蝴蝶的罗裙。她轻施粉黛，如同一朵淡雅秀致的小花，在春光中显得十分娴静。

仔细端详一番，才发觉她浑身上下都是那么和谐美好，让人不由得生出爱怜之心。她那腰身匀称苗条，宛如杨柳，她翩翩起舞，一眼看去仿佛是黄昏时笼罩着群山的雾，衣袖云肩飘拂，犹如衣服上挂了片片云彩。

舞低杨柳楼心月

中国对美女的评价自古就有"环肥燕瘦"的说法。环肥燕瘦，说白了就是萝卜白菜，各有所爱。以丰满著称的四大美女之一杨玉环，有羞花之貌，国色天香，诗王白居易称她"回眸一笑百媚生，六宫粉黛无颜色"。而历史上另一位著名的美女赵飞燕，却是生得纤细婀娜，体态轻盈，犹如惊鸿照水，能作"掌上舞"。由此可见，关于女性之美，自古以来就没有一个一成不变的标准。

美，说得通俗一点，就是看着舒服；说得理论一点，就是人的生命力量的感性显现；说得实际一点，就是体貌端正；说得夸张一点，就是沉鱼落雁；说得唯物一点，就是生活的本原；说得唯心一点，就是闭月羞花……

在宋代，文人有狎妓的爱好，所以有大量的宋词是赠妓之作。张先的《醉垂鞭·双蝶绣罗裙》就是最具有代表性的作品之一。

词人在一次酒宴上见到一位美丽的青楼女。她身着彩绣双蝶的罗裙，步态轻盈曼妙，罗裙飘飘，双蝶活灵活现，好似在花间翩然飞舞——这是他对这位青楼女的第一印象。因而在上阕，他便突出描写了她的服饰、步态特征。再以"朱粉"二句描绘出她的容颜：她轻施脂粉黛，给人一种清新淡雅的感觉。随着人物的走近，女子的仪态、神韵都给词人留下了深刻的印象。"细看"三句写词人与众宾客对女子的仪态的交口称赞："人人赞美她'柳腰身'，我则赞她'诸处好'。"旁人只恋她腰身的柔婉、曼妙，词人则独具慧眼，欣赏她举手投足间优雅从容的气质。所谓"情人眼里出西施"，说的正是词人此刻的这种心态吧。

女子的舞姿如何呢？从旁人的称道和词人的赞美中，我们不难猜出她舞姿的美妙。"昨日"两句看似是离题之笔，实则半字不离对女子舞姿的描摹。"乱山昏"是形容她舞动时的衣袂飘飘之景，仿若群山中腾起的一阵缭乱、迷蒙的云霞，令人眼花缭乱。

整首词侧面表现了宋代文人诗酒风流的生活。此词之妙，妙在其亦真亦幻的意境。如"昨日"两句，很明显是脱胎于宋玉的《高唐赋》。而此处落笔于青楼女所着的云衣，使人看了产生一种真中有幻的感觉，觉得她更加飘然若仙了。筵前赠妓之作，题材本属无聊，但是词人笔下的这幅美人图还是相当动人的，如"闲花"一句以一胜多，将美人比作花朵，与春光互为呼应，"昨日"两句又以亦真亦幻的笔法，营造出飘逸出尘的意境，烘托出美人舞姿的曼妙。上阕的"闲花"意象，是出于客观的比较，是静态写意；而下阕的"乱云"意象，则是出于主观的感受，是动态传神。特别是"昨日"二句意象高妙，想象出奇，亦真亦幻，耐人寻味。这正是张先小令"韵高"之处。

倚红偎翠袖添香

　　提到宋朝，就不得不说宋词；谈到宋词，就不得不说宋朝的文人；说到宋词和宋朝的文人，就不能回避宋朝的青楼女。因为在宋词中，青楼女的身影可谓随处可见。

　　宋朝的娱乐业十分发达，且分工明确。人们按服役场合将青楼女分为官妓、市妓、私妓，按类别将她们分为艺妓、色妓等。她们一般都才貌双全，对琴、棋、歌、诗、书、画等颇有造诣，有的甚至可以称得上是某一方面的艺术家了。官妓是最为人们仰慕的，她们的品貌、学识、才智和艺术趣味都非常出众。

　　宋朝民营的青楼业十分发达与活跃。一是由于生活富裕，社会相对安定，有适合其发展的市场条件；二是得益于人们开放的思想。宋朝有民间组织的青楼女选美比赛，美其名曰"评花榜"。评委由风流才子、失意文人或鄙视功名的隐士担任。

当时人们把青楼女比成参加科考的秀才，评选出来的青楼女分别授以状元、探花、榜眼等荣誉头衔。这类选美活动层出不穷，相当于一次民间娱乐界的科举考试。凡此种种，皆反映了宋朝人思想的开放与灵活。

不管是北宋还是南宋，只要是会填词的人，起码都有一定的经济基础。他们几乎都与青楼女有过一段关系，但是，他们所填写的与青楼女有关的词，不外乎绮罗香泽之态、绸缪宛转之度，并没有从青楼女切身的生存处境考虑。譬如晏殊、欧阳修等，大抵是以士大夫为中心俯视青楼女这一群体，看多了难免让人不舒服。即便是柳永、晏几道、周邦彦等，也难逃自伤身世的嫌疑，即借青楼女之悲抒己身之痛，在青楼女弱小堪怜的背影里寻找自己的影子。

在宋朝，即使皇帝也难以抵挡烟花柳巷的诱惑。风流天子宋徽宗听说京师名妓李师师色艺双绝，在好奇心的驱使下，化名赵乙，携带重礼，前往烟花聚集的地方——镇安坊。老鸨李姥见来客出手阔绰，立即安排李师师来见，李师师却摆谱儿，等了许久才出来。出来后，只扫淡妆不施脂粉，对客人不屑一顾。过了好一会儿，方才拿出古琴，弹了一曲《平沙落雁》。宋徽宗顿时为之倾倒，但李师师始终冷面相向。第二次造访，宋徽宗亮出了真实身份，这一回李师师一笑百媚生，弹了一曲《梅花三弄》。自此以后，宋徽宗便不时派人送去厚赐。为了幽会方便，他还命人从皇宫挖了一条地道直达镇安坊。宋代青楼女的魅力，由此可见一斑。

　　手如柔荑，肤如凝脂，领如蝤蛴，齿如瓠犀，螓首蛾眉，巧笑倩兮，美目盼兮。

——《诗经·卫风·硕人》

　　清水出芙蓉，天然去雕饰。

——李白《经乱离后天恩流夜郎忆旧游书怀赠
江夏韦太守良宰》

鹊桥仙 [1]

秦观

纤云 [2] 弄巧 [3]，飞星 [4] 传恨，银汉 [5] 迢迢 [6] 暗度 [7]。金风玉露 [8] 一相逢，便胜却、人间无数。

柔情似水，佳期如梦，忍顾 [9] 鹊桥归路。两情若是久长时，又岂在、朝朝暮暮 [10]。

[1] 鹊桥仙：此调专咏牛郎织女七夕相会事。始见欧阳修词，中有"鹊迎桥路接天津"句，故名。又名《金风玉露相逢曲》《广寒秋》等。双调，五十六字，仄韵。

[2] 纤云：轻盈的云彩。

[3] 弄巧：指云彩在空中幻化成各种巧妙的花样。

[4] 飞星：流星。一说指牵牛、织女二星。

[5] 银汉：银河。

[6] 迢迢：遥远的样子。

[7] 暗度：悄悄渡过。

[8] 金风玉露：指秋风白露。李商隐《辛未七夕》："由来碧落银河畔，可要金风玉露时。"

[9] 忍顾：怎忍回视。

[10] 朝朝暮暮：指朝夕相聚。语出宋玉《高唐赋》。

译文

　　轻盈的彩云在天空中变化出各种巧妙的图案，隔着银河的牛郎织女在等待着相见，暗暗相互传递着长久分别的愁怨。银河啊，尽管你迢迢万里，渺无边际，但是今夜他们将踏着鹊桥在你身边会面。金色的秋风，如玉的甘露，一旦相逢，便胜过人间无数美景。

　　柔情，如秋水般澄澈，长河般滔滔不绝；千盼万盼盼来这难得的佳期，火一般炽热却又梦一般空幻。真希望喜鹊搭成的桥绵延不断。只要两个人心心相印，尽管只是一年一度相聚，也胜过那朝朝欢会，夜夜相伴。

相思相见知何日

　　牛郎织女七夕相会的故事，汉魏以来一直吟唱不绝。《鹊桥仙》原是为歌颂牛郎、织女的爱情故事而创作的乐曲，秦观的这首《鹊桥仙》也正是在吟咏这一神话。

　　借牛郎织女的故事，感叹人间的悲欢离合，古已有之，如《古诗十九首》中的"迢迢牵牛星"、曹丕的《燕歌行》、李商隐的《辛未七夕》等。宋代的欧阳修、柳永、苏轼、张先等人也都吟咏过这一题材，虽然遣词造句各异，却都因袭了"欢娱苦短"的传统主题，格调哀婉、凄楚。相形之下，秦观的这首词堪称独出机杼，立意高远。能够另辟蹊径，融写景、抒情和议论于一体，迥出前人之上。

　　这首词以牛郎织女的神话传说为依托，想象超出天外，而意境落在人间，构思极为巧妙。上阕重点叙写两星相会。"纤云弄巧"的美景与七夕良辰彼此衬托。星流如飞，可以看出相会心情的迫切，毕竟一年一次，等待太久，因此疾飞之中，恨意未消。歇拍以二星秋夕相逢与人间长相厮守作为对比，揭示出二星七夕相会的意义其实远在人间之上。上阕的境界轻柔超逸，写爱写恨都非常贴切到位。写佳期相会的盛况，"纤云弄巧"二句为牛郎织女每年一度的聚会渲染气氛，用墨经济，笔触轻盈。"银汉"句写牛郎织女渡河赴会的情节。"金风玉露"二句则由叙述转为议论，表达出词人的爱情理想：他们虽然难得见面，却是心心相印、息息相通的，而一旦得以聚会，在那清凉的秋风白露中，他们互诉衷肠，倾吐心声，是那样富有诗情画意！这岂不远远胜过尘世间那些长相厮守却貌合神离的夫妻？

下阕是写两星的依依惜别之情。"柔情似水"，点明牛郎织女缠绵之意犹如天河中的悠悠流水。"佳期如梦"，既点出了欢聚的短暂，又真实地揭示了他们久别重逢后那种如梦似幻的心境。"忍顾鹊桥归路"，写牛郎织女临别前的依恋与怅惘。不说"忍踏"而说"忍顾"，更为婉转含蓄地表达出恋人缠绵悱恻的情意。"两情若是久长时，又岂在朝朝暮暮"二句对牛郎织女致以深情的慰勉：只要两情至死不渝，又何必贪求卿卿我我的朝欢暮乐？此二句一反人们对情爱的寻常理解，使全词升华到了一个旷达的思想境界。"柔情似水，佳期如梦"二句，不但对仗精工，而且体物细微，写尽相会时的缱绻情态，让人如梦如幻，如痴如醉。"忍顾"句意思急下，"忍顾"实是"不忍顾"，旧恨刚消，新恨又生，来路转成归路，佳期变成记忆，故其惆怅如此，怨叹如此。下拍两句复又振起，提出爱情的质量是以两情相悦的长久来衡量的，而并非是以朝暮相守的形式为依据的。显然，词人否定的是朝欢暮乐的庸俗生活，歌颂的是天长地久的忠贞爱情。在他的精心提炼和巧妙构思下，古老的题材翻作清新的笔墨，一段千古爱情被写得自然流畅而又婉约蕴藉，余味隽永，迸发出耀眼的思想火花。

全词写了牛郎织女的孤独寂寞，但在寂寞中有提升；写了牛郎织女的忧伤，但忧伤中又有超脱。这种有入有出的抒情方式明显是受到苏轼等人的影响。也许正是因为这一点，沈际飞《草堂诗余正集》说："（世人咏）七夕，往往以双星会少离多为恨，而此词独谓情长不在朝暮，化臭腐为神奇。"确实，古往今来涉及此题材的作品，大多哀怨满纸，鲜有达观之辞，或以七夕一会胜却人间无数的，辗转相承便成俗套。从这个角度说，沈际飞以"化臭腐为神奇"之语评说秦观此词，并非虚誉。

宋词漫志

卧看牵牛织女星

传说在很久以前，山里住着户人家，老人们都离世了，家里只剩下兄弟俩。老大娶了媳妇，这媳妇心肠狠毒，总想独占老人留下的家业。她找了个借口，要和老二分家。老二是个有骨气的人，就说："分家可以，我什么也不要，只要父母留下的那头老黄牛！"嫂嫂听了很高兴。于是，第二天老二就赶着牛离开了家。

走到一座山下时，天色已经很晚了，老二想，干脆就在这儿住下吧！他砍了好多树枝，在山坡上搭了个棚子，就和老黄牛在这儿落脚了。他和老黄牛相依为命，靠种地养活自己，于是大家都叫他"牛郎"。

一天夜里，老黄牛给牛郎托了个梦，梦里它对牛郎说："到明天午时三刻，我要回天庭去了。我走之后，你把我的皮剥下来，等到七月初七那天，把它披在身上，你就能够上天了。王母娘娘有七个女儿，那天她们都会到天河里去洗澡。记住，那个穿绿衣的仙女就是你的媳妇。你千万不要让她们看见你，等她们都到了水里，你抱了绿色的衣裳就往回跑，她一定会去追你。只要你回了家，她就不会走了。"

牛郎醒来后看见老黄牛死了，十分伤心，他按照梦里老黄牛给他的嘱托剥下牛皮，再把牛的尸体掩埋起来。

到了七月初七，牛郎按照老黄牛的交代来到天河边，果然看见七仙女在天河沐浴。他抓起绿色的衣服，一口气跑回家。那个穿绿衣的仙女也跟着追到了他家。绿衣仙女是王母娘娘的第三个女儿，她看到牛郎虽然家里很贫困，但心地很好，也很勤劳，就决定留下来和他一起生活。她每天织布，织布的技术很好，于是大家都叫她"织女"。牛郎和织女一个种地，一个织布，过着幸福的生活。几年以后，他们有了一对儿女。

天上的王母娘娘知道了这件事情，非常气愤，就趁牛郎不在时把织女抓回了天庭。牛郎回家不见妻子，就知道是王母娘娘来过了。他立刻把儿女装进篮筐，挑上担子，披上牛皮追上天去。眼看就要追上了，王母娘娘转过身，用头上的簪子在身后一画，画出了一条天河，牛郎和孩子过不去了。一家人隔着天河痛哭流涕。

王母娘娘看到这种场面，心也软了，便准许他们每年七月初七见一次面。据说到了那一天，所有的喜鹊都会衔来树枝，帮他们在天河上搭起一座桥，牛郎和织女就在"鹊桥"上相会。

"七夕节"就是这么来的。现在在中国的一些地方，还保留着女孩在七夕那天"乞巧"的习俗，希望天神能够帮她们找到如意郎君。

　　秋风萧瑟天气凉，草木摇落露为霜。

　　群燕辞归鹄南翔，念君客游思断肠。

　　慊慊思归恋故乡，君何淹留寄他方？

　　贱妾茕茕守空房，忧来思君不敢忘，不觉泪下沾衣裳。

　　援琴鸣弦发清商，短歌微吟不能长。

　　明月皎皎照我床，星汉西流夜未央。

　　牵牛织女遥相望，尔独何辜限河梁。

——曹丕《燕歌行》

　　迢迢牵牛星，皎皎河汉女。

——《古诗十九首》

　　北斗佳人双泪流，眼穿肠断为牵牛。

——曹唐《织女怀牵牛》

燕山亭·北行见杏花

赵 佶

裁剪冰绡[1]，轻叠数重，淡着燕脂匀注。新样靓妆，艳溢香融，羞杀蕊珠宫女[2]。易得凋零，更多少、无情风雨。愁苦。问院落凄凉，几番春暮。

凭寄[3]离恨重重，这双燕，何曾会人言语。天遥地远，万水千山，知他故宫何处。怎不思量，除梦里、有时曾去。无据[4]。和[5]梦也、新来不做。

注释

[1] 冰绡：洁白的绸。

[2] 蕊珠宫女：指仙女。

[3] 凭寄：凭谁寄，托谁寄。

[4] 无据：不知何故。

[5] 和：连。

　　杏花薄弱的花瓣像是用白绸一片片裁剪出来的，层层相叠，摞在枝头，静美清新，赛过淡妆的仙女。然而那娇弱的花朵最容易凋落飘零，凄风苦雨一来，愁意在人间四散。院落中只剩一地寥落的花痕，不禁问道，这又是第几番萧条的暮春之景？

　　我被一路拘押去了北方，谁能够体会这重重的离恨？这双燕子，又怎能理解人的心情？已经走过了万水千山，哪里还能看到故宫的影子？细细思量，却只能在梦里归乡。可又不知是何缘故，近来竟连梦也没有了。

一宵冷雨葬故国

　　这是宋徽宗赵佶于公元1127年与其子钦宗赵桓被金兵掳往北方时在途中所写的词，是词人悲惨身世的写照。全词通过写杏花的凋零，抒发对自己悲苦无告、横遭摧残的命运的感慨。帝王与俘虏两种生活的对比，使他唱出了家国沦亡的哀音，百折千回，悲凉哀婉。

　　词的上阕先以细腻的笔触对杏花饱满的线条、流畅的色彩展开描绘：片片俏立枝头的花瓣，仿佛是先由一叠叠洁白的缣绸裁剪而成，又轻轻地拍打上浅淡均匀的胭脂。词人将杏花拟物又拟人，寥寥数笔，勾勒出一幅静美的杏花图。"新样"三句，先承接上文，将杏花拟作装扮入时的美人，光艳照人，散发出阵阵暖香，比天上蕊珠宫里的仙女还要胜三分。"羞杀"二字，是说连天上的仙女看见它都要自愧不如，以进一步强调杏花的形态、色泽和芳香都不同于凡俗的花，也充分展现了杏花盛开时的动人景象。

接着，词人笔锋突转，描写杏花遭到风雨摧残后的黯淡场景。春日杏花绚丽非常，正如柳永《木兰花慢·拆桐花烂漫》中所云："正艳杏烧林，缃桃绣野，芳景如屏。"但过不了多久就逐渐凋谢，娇嫩的花朵又经受不住料峭春寒和无情风雨的摧残，终于花落枝空。更可叹的是暮春的时候，庭院无人，美景已随春光逝去，显得那样凄凉冷寂。这里不仅是在怜惜杏花，同时也是在自怜。试想词人以帝王之尊，沦为阶下之囚，流徙至千里之外，其心情之愁苦非笔墨所能形容。杏花的烂漫和容易凋零引起他的种种感慨和联想，往事和现实交织在一起，使他感到杏花凋零，犹有人怜，而自身沦落，却只空有"故国不堪回首月明中"的无穷慨恨。"愁苦"之下接一个"问"字，其含意与李后主的"问君能有几多愁，恰似一江春水向东流"相似。

词的下阕，以杏花的由盛转衰暗示词人自身境遇的急转直下，抒写词人对自身遭遇的沉痛哀诉，表达出词人内心的无限苦痛。前三句写一路走来，忽见燕儿双双，从南方飞回寻觅旧巢。词人在这时不禁有所触发，想托付燕儿寄去重重离恨。然而他转念一想，这对无知的燕子又怎么能够理解自己百转千回的愁绪和遗恨呢？

"天遥"二句是徽宗叹息自己父子同时降为臣虏，与宗室臣僚三千余人同被金兵虏往异国他乡，路途是那样遥远，回首南望，再也见不到汴京的故宫，真可谓是"别时容易见时难"了。下句在内容上紧接上句，以反诘的形式，不仅表现出对故国的怀恋之情，更点明此生再无法返回汴梁的悲凉现实。绝望之际，词人只得在梦中几度重临旧地，靠梦里的温存汲取片刻的安慰。

结尾两句补写一笔，为笼罩全词的绝望情绪收尾。晏几道《阮郎归》的最后两句"梦魂纵有也成虚，那堪和梦无"，秦观《阮郎归》结尾"衡阳犹有雁传书，郴阳和雁无"，均与其有异曲同工之妙。梦中的一切，本来就是虚幻的，但近来连梦都不做了，看来真是一点希望都没有了，词人的心灰意冷可见一斑。真真是哀痛至极，肝肠寸断！

可叹生在帝王家

公元1100年正月，宋哲宗病薨，死时无子，向太后于同月立赵佶为帝。第二年改年号为"建中靖国"。

赵佶即位后不久，即重用蔡京、王黼、童贯、梁师成、李彦、朱勔，后人称之为"北宋六贼"。赵佶生活穷奢极欲，政策上滥增捐税，大肆搜刮民脂民膏，大兴土木，修建华阳宫等宫殿园林。他还设立苏杭应奉局，搜刮江南民间的奇花异石，运送花石的船队不断往来于淮汴之间，号"花石纲"。这些江南奇石被运送到汴京，投入园林的修筑，最终建成了赫赫有名的"艮岳"。北宋政府历年积攒的财富很快被挥霍一空。"花石纲"害得许多百姓倾家荡产，家破人亡。谁家只要有花石被看中了，官员们就带领差役闯入民宅，用黄纸一盖，告明宅主这是皇上所爱之物，不得损坏，然后就拆门毁墙地搬走花石，组织船队将花石运送到汴京。有一次官府要行船运一块四丈高的太湖石，一路上强征了几千名民夫摇船拉纤，遇到桥梁太低或城墙水门太小的情况，负责押运的人就下令拆桥毁门。有的花石体积太大，河道不能运，官员就下令走海道运送，常常酿成船翻人亡的惨剧。百姓在这般残害之下痛苦不堪，方腊、宋江等人揭竿起义，赵佶又派兵进行血腥镇压。

赵佶还崇信道教，大建宫观，自称"教主道君皇帝"，并经常请道士看相算命。据说，他的生日本是五月初五，道士认为不吉利，他就改成了十月初十；他的生肖为狗，为此下令禁止汴京城内屠狗。

赵佶在政治上是一个昏君，但是他在艺术上造诣颇深，是一位才华横溢的书画家。他书法技艺高超，独创了"瘦金体"。同时，他的工笔花鸟画也堪称一绝。

公元 1125 年 10 月，金军大举南侵，金军统帅完颜宗望统领的东路军在北宋叛将郭药师的协助下，直取汴京。赵佶接到报告，连忙下令撤去"花石纲"，下"罪己诏"，承认了自己的一些过错，想以此挽回民心。然而此时金兵已经长驱直入，逼近汴京。赵佶又急又怕，拉着一个大臣的手说："没想到金国人这样对待我。"话没说完，一口气没喘上来，昏倒在床前。被救醒后，他伸手要来纸和笔，写下"传位于皇太子"几个字。12 月，他宣布退位，自称"太上皇"，让位于儿子赵桓（钦宗），然后带着蔡京、童贯等贼臣，借口烧香，仓皇逃往安徽亳州蒙城（今安徽省蒙城）。第二年 4 月，围攻汴京的金兵被李纲击退，赵佶这才回到汴京。

公元1126年闰11月底，金兵再次南下。12月15日攻破汴京，金帝将赵佶与其子赵桓废为庶人。公元1127年3月底，金帝将徽、钦二帝，连同后妃、宗室、文武百官、教坊乐工、技艺工匠，以及法驾、仪仗、冠服、礼器、天文仪器、珍宝玩物、皇家藏书和天下州府地图等齐齐押往北方。汴京中公私积蓄被掳掠一空，北宋灭亡。因此事发生在靖康年间，史称"靖康之变"。

靖康之变后，宋徽宗赵佶被金国囚禁了九年。公元1135年4月甲子日，终因不堪精神折磨而死于五国城，金熙宗将他葬于河南广宁（今河南省洛阳市附近）。公元1142年8月乙酉日，宋金根据两国协议，将赵佶遗骸运回临安（今浙江省杭州市），由宋高宗葬于永佑陵，立庙号为徽宗。

沾衣欲湿杏花雨，吹面不寒杨柳风。

——志南《绝句·古木阴中系短篷》

小楼一夜听春雨，深巷明朝卖杏花。

——陆游《临安春雨初霁》

绿头鸭·咏月

晁端礼

晚云收，淡天一片琉璃。烂银盘[1]、来从海底，皓色千里澄辉。莹无尘、素娥[2]淡伫[3]，静可数、丹桂[4]参差。玉露[5]初零，金风[6]未凛，一年无似此佳时。露坐久、疏萤时度，乌鹊正南飞。瑶台冷，阑干凭暖，欲下迟迟。

念佳人、音尘别后，对此应解相思。最关情、漏声正永，暗断肠、花影偷移。料得来宵，清光未减，阴晴天气又争知。共凝恋、如今别后，还是隔年期。人强健，清尊素影，长愿相随。

[1] 烂银盘：形容中秋月圆而亮，灿烂如银盘。

[2] 素娥：嫦娥的别称。

[3] 淡伫：静静地伫立。

[4] 丹桂：传说月中有桂树，高五百丈。

[5] 玉露：白露，露珠。

[6] 金风：秋风。五行中秋属金，故称秋风为金风。

译文

　　夜晚，天上的云彩都已经飘散，澄净的天空宛如一片琉璃。银盘似的月亮，从浊黑如海底的大地上升了起来，皓白的银光照耀千里。月亮是那样皎洁无尘、静谧和谐，仿佛可以看见嫦娥静静地伫立其中，桂树参差摇曳。露珠悄悄滴落，秋风也还未转凉，一年中再没有如此美好的秋夕。我在更深露重的夜晚里静静地坐着，萤火虫不时飞过，乌鹊向南边飞去。瑶台上有些清冷，我凭栏远眺把栏杆都偎暖了，但是仍久久不愿离去。

　　想必远方的佳人，自从与我分别之后，面对夜月也应寄情千里缓解相思愁绪。最牵动她情思的，莫过于那铜漏滴答的水声；使她暗中柔肠寸断的，是那轻移的婆娑花影。料想来日的夜晚，清光分毫不减，但天气是阴是晴又怎能预知呢？我们倾心爱恋，如今离别后，又期望着隔年的相遇。但愿你我安康，我对着淡淡的月影举杯祈愿，希望我们二人永远相随相伴。

淡天琉璃惹相思

晁端礼的《绿头鸭·咏月》是一首描写中秋月景兼而怀人的佳作。此词以清婉和雅的笔触，描绘出了一幅中秋月下怀人图。胡仔在《苕溪渔隐丛话后集》中给予了本词高度评价："中秋词，自东坡《水调歌头》一出，余词尽废，然其后又岂无佳词？如晁次膺（晁端礼的字）《绿头鸭》一词殊清婉，但樽俎间歌喉，以其篇长惮唱，故湮没无闻矣。"

开头两句"晚云收，淡天一片琉璃"，一笔宕开，为下边的铺叙开拓了广阔的空间。晚云收尽，淡淡的天空里映出一片琉璃般的霞光，这就预示着皎洁无伦的月亮即将升起，以下的一切景和情都从这里生发出来。接着"烂银盘"句写月轮从浊黑如海底的大地上涌出，银光四射，无边无际，如此的景色使人们不禁变得内心澄明、胸襟开朗，不觉地凝神注视着天空里的玉盘转动。"莹无尘、素娥淡伫，静可数、丹桂参差"写嫦娥静静伫立，丹桂参差可见，将口耳相传的神话具象化，美丽无尘的月宫、嫦娥、丹桂跃然纸上。"莹无尘""静可数"和前两句的"晚云收""千里澄辉"脉理暗通。到这里，这幅月下怀人图的自然背景已经填充得很丰满了，接下来继续铺垫细节之处：中秋露水初降，金风送爽，是四季中最宜人的节候，良辰美景，使人流连。"疏萤时度，乌鹊正南飞"化用了曹操的"月明星稀，乌鹊南飞"和韦应物的"流萤度高阁"，写到了在久坐之中、月光之下所看到的两种动物，这是以动写静，借院中飞舞的流萤、枝头掠过的乌鹊把深夜衬托得愈发幽邃。"瑶台冷，阑干凭暖，欲下迟迟"中的"阑干凭暖"表明，赏月人先是坐着，而且坐得很久，后来凭栏而立，立的时间也很长，以致把"阑干"都偎暖了。这样一个耐人寻味的细节也在委婉地传递着一个信息——词人不单单是留恋月光，更是在望月怀人。结尾"欲下迟迟"进一步揭开了他思念佳人的缠绵之意，为下阕的抒情造势张本。

"念佳人"一句上承"欲下迟迟"，展开抒写郁积颇久的眷恋与思念。有趣的是，此句中相思成疾的人物并非词人自己，而是远方的佳人。这是一笔虚写，词人潜意识里深深思念的佳人必定也想自己想得肝肠寸断，佳人今夜也一定如他一般对月怀人。因而他不免宽慰地想，两人共看一轮明月，恰好可以为佳人缓解相思的痛苦。然而，这轮明月，究竟缓解的是谁的相思，恐怕也只是"如鱼饮水，冷暖自知"了。

"最关情"的当是"漏声正永"，使人"暗断肠"的应为"花影偷移"。漏声相接、花影移动，两个意象清晰地点明一个事实——长夜将逝。言外之意便是，时间悄悄流逝，两人的相会仍遥遥无期，故而有"暗断肠"之语。"料得来宵""共凝恋"两句宕开笔墨，时间从今夜延伸至来日、来年，日子一天天过去，天气总是阴晴不定，而对于相互牵挂、心心相印的两个人，他们对彼此的眷恋却在这"阴晴天气"中反而一日日沉淀下来，变为深挚的"凝恋"。虽遥隔两地而情思如一，越写越深婉，越写越显出两人音尘别后的深情。歇拍三句"人强健，清尊素影，长愿相随"，结得雍容和婉，有不尽之情，而无衰飒之感。这首词的结句与苏东坡《水调歌头》的结句——"但愿人长久，千里共婵娟"——都是从谢庄《月赋》"隔千里兮共明月"句化来。但苏词劲健，本词和婉，艺术风格迥然不同。

　　这首长调词在词人笔下操纵自如，气脉贯串，不蔓不枝，徘徊婉转，十分出色。其佳处在于起得好，过得巧，而结得奇。正如沈义父评说长调慢词时所说的，"第一要起得好，中间只铺叙，过处要清新，最紧是末句，须是有一好出场方妙"（《乐府指迷》），这首词的末句堪称"一好出场"，一句而显全词的和婉之妙。

碧海青天夜夜心

相传很久很久以前，天上同时出现了十个太阳，大地都被烤得冒烟，海水也枯竭了，老百姓眼看就无法生活下去了。

这件事情惊动了一个名叫后羿的英雄，他登上昆仑山顶，运足神力，拉开神弓，一口气射下了九个太阳。

后羿因此立下了盖世奇功，受到百姓的尊敬和爱戴，不少志士慕名前来投师学艺。其中，奸诈刁钻、心术不正的逢蒙也混了进来。

不久，后羿娶了一位美丽善良的妻子，名叫嫦娥。后羿除了传艺狩猎以外，终日和妻子在一起，人们都羡慕这对郎才女貌的恩爱夫妻。

一天，后羿到昆仑山访友求道，巧遇由此经过的王母娘娘，便向王母娘娘求得了一包不死药。据说，服下此药，即刻就能够升天成仙。

然而，后羿舍不得撇下自己的妻子，于是就把不死药交给嫦娥珍藏。嫦娥将药藏进梳妆台的百宝匣里，不料被逢蒙看到了。

　　三天后，后羿率众徒外出狩猎，心怀鬼胎的逢蒙假装生病，留了下来。

　　待众人走后不久，逢蒙手持宝剑闯入后羿家宅后院，逼迫嫦娥交出长生不死药。嫦娥知道自己不是逢蒙的对手，危急之时她转身打开百宝匣，拿出不死药一口吞了下去。

　　嫦娥吞下药，身子立刻就飘离了地面，冲出窗口，向天上飞去。由于嫦娥牵挂着丈夫，便飞落到离人间最近的月亮上，成了嫦娥仙子。

　　傍晚，后羿回到家里，侍女们向他哭诉白天发生的事情。后羿既惊又怒，抽剑去杀恶徒，逢蒙却早已逃走了，气得后羿捶胸顿足"哇哇"大叫。悲痛欲绝的后羿，仰望夜空呼唤着爱妻的名字。这时他惊奇地发现，今天的月亮格外皎洁明亮，而且有一个晃动的身影酷似嫦娥。

　　后羿急忙派人到嫦娥喜爱的后花园里，摆上香案，放上她平时最爱吃的蜜食鲜果，遥祭在月宫里眷恋着自己的嫦娥。

　　百姓们听说嫦娥奔月成仙的消息后，纷纷在月下摆设香案，向善良的嫦娥祈求吉祥平安。从此，中秋节拜月的风俗便在民间流传开了。

　　而古籍中关于嫦娥的传说则与现代流传甚广的"嫦娥奔

月"完全不同，如《淮南子·览冥训》："羿请不死之药于西王母，姮娥（即嫦娥）窃以奔月，怅然有丧，无以续之。"高诱对此注释说："姮娥，羿妻；羿请不死之药于西王母，未及服食之，姮娥盗食之，得仙，奔入月中为月精也。"《全后汉文》辑《灵宪》则记载了"嫦娥化蟾"的故事："嫦娥，羿妻也，窃王母不死药服之，奔月。将往，枚占于有黄。有黄占之，曰：'吉，翩翩归妹，独将西行，逢天晦芒，毋惊毋恐，后且大昌。'嫦娥遂托身于月，是为蟾蜍。"嫦娥变成癞蛤蟆后，被罚在月宫中终日捣不死药，过着寂寞清苦的生活，李商隐有诗感叹："嫦娥应悔偷灵药，碧海青天夜夜心。"

暮云收尽溢清寒，银汉无声转玉盘。

此生此夜不长好，明月明年何处看。

——苏轼《阳关曲》

云母屏风烛影深，长河渐落晓星沉。

嫦娥应悔偷灵药，碧海青天夜夜心。

——李商隐《嫦娥》

忆秦娥[1]

范成大

楼阴缺[2]，阑干影卧东厢[3]月。

东厢月，一天风露，杏花如雪。

隔烟[4]催漏金虬[5]咽，罗帏[6]

黯淡灯花结[7]。灯花结，片时春梦，

江南天阔。

[1] 忆秦娥：词牌名，最早见于李白词《忆秦娥·箫声咽》，首句为"秦娥梦断秦楼月"，故又名"秦楼月"。双调，四十六字，有仄韵、平韵两体。

[2] 缺：指树荫未遮住的楼阁一角。

[3] 厢：厢房。

[4] 烟：香炉释放的烟气。

[5] 金虬：铜龙，造型为龙的铜漏，古代滴水计时之器。

[6] 罗帏：罗帐。指闺房。

[7] 灯花结：灯芯烧结成花，旧俗以为有喜讯。

楼阁在树荫遮蔽下露出一角，栏杆的影子斜卧在东厢房前。一轮明月朗照东厢，漫天清风雨露，杏花洁白如雪。

　　隔着香炉朦胧的烟气，铜龙漏壶滴落的水声，一声紧似一声，宛如低声的哽咽，灯花已烧得焦凝，在暗淡的光线中，纱罗的帏帐显得朦胧不清。最后一丝灯火被长夜湮没，我进入短暂而美妙的春梦，梦见了江南辽阔的晴空。

夜月一帘春闺梦

宋代词人范成大的词集中一共有五首《忆秦娥》，内容都是写春闺少妇怀人的。前四首分写一天中朝、昼、暮、夜四时的心绪，后一首写惊蛰日的情思，为前四首的补充和发展。由此看来，这五首词是经过周密构思的一个整体，绝非文字游戏，也不是只写闺情的艳词，而是别有寄托的作品。

所谓寄托，即词人以少妇的怀人之情寄托他本人的爱君之意。这在宋词中也是很常见的。据周必大撰《范公成大神道碑》记载，范成大于淳熙三年（公元1176年）春在四川制置使任上辞官归家养病（四年五月成行），病中还在为国操劳，上书言兵民十五事。宋孝宗深受感动。所以，有学者考证这组词是作于此次居家养病的时候，如果真是如此，这组词的寄托便不言而喻了。

至于这组词的价值，则主要在于表现情景的艺术技巧，因此，还可以把它们当作真实的闺情词来欣赏。

此为这组词中的第四首。此词描写闺中少妇春夜怀人的情景十分真切，是这组词中艺术价值最高的一篇。词的结构是上阕描绘院落景色，下阕刻画人物心情。初拍写环境的幽静。楼阴之间，皓月悬空，栏杆的疏影静卧于东厢之下。一派清幽之景更显露寂寞之情。次拍写环境的清雅。先重复"东厢月"一语，强调月光的皎洁，然后展开新的图景，天清如水，风淡露浓，一片鲜花盛开的杏林，在月光的映照下灿白如雪。满园素淡之香，隐喻空虚之感。以上纯用白描的手法，不饰华彩，但一座花月楼台交相辉映的幽雅院落清晰可见。写景是为了写人，给人一种见其景感其人的感觉。下阕要写到的那位闺中少妇，正藏在这座幽雅院落的深处。她所处的环境尚且如此清丽淡雅，她本人风姿的秀美、性格的柔静和心情的惆怅，也就可想而知了。所以，上下阕之间看似互不相属，实际上格调高度一致。

换拍写少妇的愁思。她独卧罗帏之中，心怀远人，久不能寐。此时燃膏将尽，灯芯结花，室内光线越来越暗淡，室外则是风淡露浓，一切都是那么沉寂，只有漏壶上的铜龙透过烟雾送来点点滴滴的漏声。在少妇听来，竟也如同声声哽咽。这里并不直接写人的神态，而是更深入一层，借暗淡的灯光和幽咽的漏声营造一种幽怨的意境，把人的愁苦表现得十分真切。"隔烟催漏金虬咽"一句，尤见想象的奇思。歇拍写少妇的幽梦，又重复前句末三字，突出灯光的昏暗；然后化用岑参《春梦》诗"枕上片时春梦中，行尽江南数千里"二语，表现少妇的迷离惝恍。人倦灯昏，始得暂眠片刻，梦魂忽到江南，天地须臾间便开阔了。然而所念之人又在何处？梦中是否能够与之相见？抱着这些疑问正欲看下去，却发现全词已戛然而止，品词人只得自行想象。作词者这一番留白笔法运得恰到好处，使一首短短的双调达到词浅言深的效果，漫漫的长夜、无限的相思全部涌入梦里寥廓的江南天，这比同是在写梦境的韦庄《木兰花》中"千山万水不曾行，魂梦欲教何处觅"一语更含蓄隽永，更意味深长。

春闺怀远是词的传统题材，前人以此为题的作品极多，但往往"采滥忽真"（《文心雕龙·情采》），过于秾丽而缺少新意。此词却是"纯任自然，不假锤炼"（《蕙风词话》），写环境不事镂金错银的雕绘，只把花月楼台的清淡景色自然地写出来；写人物不事愁红惨绿的夸饰，只把长夜难眠的凄苦心情真实地写出来。一切都"不隔，不做作"（张伯驹《丛碧词话》），显得淡朴清雅，没有陈腐的富贵气和脂粉气，从而创造出一种自然的美。在情感的表现上，词人亦能突破常规，独辟蹊径，既不作"斜倚银屏无语，闲愁上翠眉"（韦庄《定西番》）一类的正面描写，也不作"为君憔悴尽，百花时"（温庭筠《南歌子》）一类的直接抒情，更不作"月分明，花淡薄，惹相思"（欧阳炯《三字令》）一类的多余解说，而是借月幽花素的园林景色暗示她寂寞孤独的情怀，借漏咽灯昏的环境气氛烘托她凄凉愁苦的心绪，"侧出其言，旁通其情，触类以感，充类以尽"（谭献《复堂词录序》），既新颖，又厚重。

玉漏迢迢机杼藏

在我们的工作和生活中，钟表是不可缺少的工具，它为我们测量出精确的时间。但是，在古代没有钟表的时候，人们是怎样测定时间的呢？早期，人们根据日月星辰的运行规律粗略地估算时间。后来，古人观察到阳光下树影、房影随着时间变化而移动，他们便据此发明了"圭表""日晷"等工具。日晷是在圆形的石板中间竖立一根铁针，石板上刻着时辰标记，随着太阳的东升西落，铁针的影子就能指示出时间来。元代天文学家郭守敬在河南登封建立的观星台，表高四十尺，圭长一百二十八尺，重十八吨，使日影长度读数可准到零点一毫米。

但是日晷和圭表只能在白天有太阳的时候工作，那么夜间、阴天又怎么办呢？于是，聪慧的古人又发明了漏壶，漏壶又叫"滴漏""漏刻"，传说在黄帝时即已出现。《周礼》中记有"挈壶氏"，专司其职。

中国最早的漏壶称"泄水型漏壶"或"沉箭漏"。古人在壶中插入一标杆，称"箭"，箭上刻有标度，称"箭刻"。水流出壶时，水位下降，所指的箭刻随之下降，以显示时间。另一种漏壶称"受水型漏壶"或"浮箭漏"。它分供水壶及受水壶两部分，其中受水壶用于置放箭尺，箭尺由箭舟托在水面。使用时，供水壶的水经小孔不断注入受水壶，箭尺便逐渐随之上浮，以显示时间。

至西汉时期，人们进一步创制出多级漏刻装置，这样一来，不仅丰富了漏刻的种类，同时也提高了漏刻的测量精度，增强了漏刻计时的稳定性。这些多级漏刻大都是由四只盛水的铜壶从上而下互相叠放而形成。上三只铜壶底下有小孔，最下一只竖放一个箭形浮标，浮标随水面升高而升高，壶身上有刻度，以此来显示时间。

古人原本将一昼夜分为一百刻，因百刻不能被十二个时辰整除，又先后改为九十六、一百零八、一百二十刻，到清代正式定为九十六刻。至此，我国时刻的划分便定为：一个时辰分为八刻，一刻又分为三分，一个时辰共有二十四分，与二十四个节气相对。但是这里的分并非是现在的分钟，而是刻以下的计时单位，也称"字"。在漏刻的两刻之间，用两个奇怪的符号来标记，所以叫作"字"；字以下又用细如麦芒的线条来划分，叫作"秒"。秒字由"禾"与"少"合成，禾指麦禾，少指细小的芒；秒以下无法划分，只能用"细如蜘蛛丝"来说明，叫作"忽"。如"忽然"一词,"忽"指极短的时间,"然"指变,合用意即在极短时间内有了转变。

这些花样繁多的计时方法和巧妙精密的计时工具,既是我国古代劳动人民认识和运用自然规律的成果,也是我国古代劳动人民智慧的结晶。

忽见陌头杨柳色,悔教夫婿觅封侯。

——王昌龄《闺怨》

梳洗罢,独倚望江楼。过尽千帆皆不是,斜晖脉脉水悠悠。肠断白蘋洲。

——温庭筠《望江南》

念往昔，繁华竞逐，叹门外楼头，悲恨相续。

千古凭高对此，谩嗟荣辱。

六朝旧事随流水，但寒烟衰草凝绿。

至今商女，时时犹唱，后庭遗曲。

——王安石《桂枝香》

第二辑

愁千缕

蝶恋花

欧阳修

庭院深深深几许[1]。杨柳堆烟[2]，帘幕无重数。玉勒[3]雕鞍[4]游冶处[5]，楼高不见章台[6]路。

雨横风狂三月暮。门掩黄昏，无计留春住。泪眼问花花不语，乱红[7]飞过秋千去。

注释

[1] 几许：多少。

[2] 堆烟：形容杨柳枝叶浓密。

[3] 玉勒：玉制的马衔。

[4] 雕鞍：精雕的马鞍。

[5] 游冶处：指歌楼妓院。

[6] 章台：汉长安街名。《汉书·张敞传》有"走马章台街"语。
　　唐许尧佐《章台柳传》，记青楼女柳氏事。后以章台指代歌妓
　　聚居之地。

[7] 乱红：落花。

译文

　　庭院深深，有多深？杨柳枝叶掩映，远远望去仿佛浓烟一片，更有重重帘幕难以胜数。豪华的车马停在烟花柳巷，登上高楼也望不清踏入秦楼楚馆的道路。

　　暮春三月里常是风雨交加的天幕。时近黄昏掩起门户，终究没有办法将春光留住。双眼噙泪问花，落花默默不语，只管纷乱、零零落落地一点一点飞过秋千空空摇荡之处。

庭院深深深几许

庭院深深，更兼杨柳堆烟，帘幕重重——生活在这种内外隔绝、阴森幽邃的环境中，人的身心必会受到压抑与禁锢。全词开篇就叠用三个"深"字，写出了庭院与外界隔绝，形同囚牢的环境，不但暗示了主人公孤身独处的境遇，更侧面描绘出她心事深沉、无语凝噎的愁容。显然，主人公的物质生活是优裕的，但是她精神上的极度苦闷也是不言自明的。

一个"堆"字和一句"帘幕无重数"，回答了首句提出的问题——庭院究竟"深几许"。那么，在杨柳掩映、帘幕重重的庭院中，有哪些人呢？词人避而不答，而是笔锋一宕，转而写到"玉勒雕鞍游冶处"与"楼高不见章台路"，在蒙太奇一般的场景切换中，主人公才缓缓登场。至此，谜底已然揭晓，读者也随之豁然开朗——原来空空的庭院里只有一个孤零零的女子，而她心心念念的人哪里去了？在"玉勒雕鞍游冶处"寻欢作乐。一方在院中苦苦等待，伤心流泪，一方却在烟花柳巷醉生梦死。在深深的庭院中，拨开如烟的杨柳、重重的帘幕，我们似乎可以看到一颗被禁锢的心灵微颤着想要苏醒，却又在牢牢的束缚中渐渐归于沉寂。王国维说："一切景语，皆情语也。"上阕就在景物的描写里，折射出女主人公哀婉凄凉的心情。从景深写到情深。词中写情，景中有情，情中有景，情景交融。

　　词的下阕着重写情。雨横风狂，送走了暮春三月，也侵蚀着女主人公的青春。她想挽留住春天，但时间终究是无情的，留春不住，只觉无奈，仅能将情感寄托于与之同命的落花。见花落泪，对月伤情，这是古人常有的举动。一个女子孤零零的，在这春色将逝的夜晚，苦苦思念外出未归的丈夫，眼前只有那暴风雨中横遭摧残的落花，再联想到自己遭到遗弃的命运，不禁潸然泪下。女子的烦闷、哀痛无处倾诉，满怀疑问叩问花儿。花儿却缄默不语，无言以对，是花不解人，还是花不肯给予同情？令人感慨良多。花不语，就像是故意和女子作对，抛弃了她，纷纷飞过空荡荡的秋千。人儿走马章台，花儿飞过秋千，有情之人、无情之物都对她报以冷漠，她怎能不伤心，怎能不痛苦呢？三月暮春的傍晚，深锁的庭院、层层叠叠的杨柳、飘过秋千的落花、苦苦等待的女子构成了一幅缠绵悱恻的春怨图。浑然天成、浅显易晓的语言中，蕴藏着深挚真切的感情。语浅而意深，情感层层推进，景与情就这样水乳交融，浑然一体了。

　　很多评论家认为这首词表现的是闺怨。写了一个独居庭院的女子，写她的愁、怨、伤、悲。其实我们可以作更深入的理解。早在两千年前，孟子就已提出"知人论世，以意逆志"的说法。词作与词人有着密切的联系，只有知其人、论其世，才能准确把握词作蕴含的真正思想。

欧阳修生于贫寒之家，四岁而孤，命运坎坷不断，仕途上更是历经挫折。他才华横溢，却在科举上两度落榜；中榜之后，他为锐意改革的范仲淹出言，写下著名的《与高司谏书》，讽刺朝中权贵，不想却因此遭到排挤，被贬为夷陵县令；等他经营半生，咬着牙终于走入政治中心，官拜翰林学士，眼看就得以一展抱负时，由于和王安石政见不合，再次被贬，改任滁州太守。

我们看到在《醉翁亭记》里，他饮酒行令、投壶对弈，陶醉在山光水色之中，他难道忘记自己的志向了吗？非也。在他《伶官传序》的"满招损，谦得益""祸患常积于忽微，而智勇多困于所溺""忧劳可以兴国，逸豫可以亡身"的痛切总结中，有他"兼济天下"的抱负。他是一个满腹经纶、志存高远、心忧天下的人，然而他却没有施展抱负的机会，心中必然是落寞的。仕途崎岖、壮志难酬的他肯定有怨、有恨、有苦、有悲，因此他和词中女主人公的曲折心路恰恰若合一契，两人都饱受着那种常人无法理解的孤独、落寞之感的折磨。所以，与其说这首词写的是闺怨，倒不如说是欧阳修写自己被统治者抛弃的怨、恨、伤、悲。

闺愁翻作弦外音

在中国古代的文学作品中，有两类题材是不容忽视的，那就是宫怨和闺怨。宫怨诗专写古代帝王宫中宫女以及失宠后妃的怨情；闺怨诗则主要抒写古代民间的弃妇和思妇（包括征妇、商妇和游子妇等）的忧伤，也兼写少女怀春。这两类诗都起源于周代；到了汉、魏晋、南北朝时期，闺怨诗又获得了长足的发展；到了唐代，这两类诗与田园、山水、羁旅、游侠以及边塞等题材的诗歌一道步入了鼎盛时期，名家杰作，层见叠出。

从内容上看，这两类诗都在围绕一个"怨"字做文章，集中反映了封建宗法制度下皇权至上、男尊女卑的社会现象和古代女性对待婚姻问题的种种复杂心态。中国古代的诗人为何对"宫怨""闺怨""春怨"这几类题材情有独钟呢？为什么能够把这类诗写得如此真切感人呢？因为他们与那些哀怨的女子有类似的遭遇，他们能感同身受，不断挖掘出闺怨的丰富内涵。

古代文人的骨子里有一种近似怨妇的侍君情结，这种情结或自屈原开始，代代相传。同样地，他们也从来没有享有过独立的人格，他们的灵魂始终牢牢依附着皇权与权贵。他们的生与死，喜与悲，升与降，浮与沉皆无法牢牢掌握在自己的手中。可以说，文人天生便有依附性和软骨症，这是他们一生都无法逃脱的宿命。除非能永远拒绝仕途的诱惑，如庄子一般"乘天地之正，而御六气之辩，以游无穷者"，或如陶渊明一般"不为五斗米折腰"，不然即使如高歌"安能摧眉折腰事权贵，使我不得开心颜"的李白，也还是要向权贵韩朝宗求乞道："君侯何惜阶前盈尺之地，不使白扬眉吐气，激昂青云耶？"

唐太宗说："人言魏徵举动疏慢，我但觉其妩媚耳。"唐太宗正是看到了文人的软肋，才出此言。被称为"中国的莎士比亚"的明代戏剧大师汤显祖也有过类似的评价："此时男子多化为妇人，侧立俯行，好语巧笑，乃得立于时。"把中国古代文人的性格刻画得可谓入木三分。学成文武艺，货与帝王家。"沽之哉！沽之哉！我待贾者也！"如果能够卖一个好价钱——得到统治阶级的赏识重用——那么就欣欣然；如果没能卖一个好价钱，或者卖不出去——不被赏识重用——则心生怨怼。明白这些道理，就不难读懂中国古代文人的宫怨诗和闺怨诗了，也就不难明白为什么古时的文人在文学创作中频频出现"男子作闺音"的现象了。

闺中少妇不知愁，春日凝妆上翠楼。

——王昌龄《闺怨》

何事长门闭，珠帘只自垂。

月移深殿早，春向后宫迟。

——刘长卿《长门怨》

新裂齐纨素，皎洁如霜雪。

裁为合欢扇，团团似明月。

出入君怀袖，动摇微风发。

常恐秋节至，凉飙夺炎热。

弃捐箧笥中，恩情中道绝。

——班婕妤《怨歌行》

声声慢

李清照

寻寻觅觅，冷冷清清，凄凄惨惨戚戚。乍暖还寒时候，最难将息[1]。三杯两盏淡酒，怎敌他、晓来风急。雁过也，正伤心，却是旧时相识。

满地黄花堆积。憔悴损，如今有谁堪摘？守着窗儿，独自怎生[2]得黑？梧桐更兼细雨，到黄昏、点点滴滴。这次第[3]，怎一个愁字了得！

注释

[1] 将息：休养调理。

[2] 怎生：怎样，怎么。

[3] 这次第：这一连串的情况。

译文

如同是丢了什么似的，我在苦苦寻觅。只见四下里的一切景物都冷冷清清，使我的心情更加愁苦悲戚。忽冷忽热的气候，最难保养身体。虽然喝了几杯淡酒，但仍然无法抵挡清晨时分秋风的寒气。正在伤心的时候，又有一群大雁向南飞去。那身影，那叫声，仿佛旧日里在什么地方见到过。

地上堆满了落花，菊花已经枯黄陨落，如今还有谁会去摘呢？独坐窗前，孤苦伶仃，怎样才能挨到天黑？在这黄昏时节，又下起了细雨，水滴落在梧桐叶片上，声声入耳，令人心碎。此情此景，又怎么能够用一个愁字概括得了呢？

去国悲秋两寂寥

《声声慢·寻寻觅觅》是李清照南渡以后创作的一首轰动词坛的名作。她通过对秋景秋情的描绘，抒发国破家亡、天涯沦落的悲苦，具有鲜明的时代色彩。开端三句用一连串叠字写出主人公一整天心乱如麻的惝恍情绪。从"寻寻觅觅"一句中，即可看出她一起床便百无聊赖，若有所失，于是东张西望，仿佛沉溺在大海中的人想要抓到点什么才能得救似的，她希望找到点什么来排解自己的空虚寂寞。下文"冷冷清清"，是"寻寻觅觅"的结果——她不但一无所获，反被满眼冷冷清清的景色搞得心情更加悲恸。于是紧接着再写一句"凄凄惨惨戚戚"。仅此三句，就为全词定下了一种愁苦而凄厉的基调。

"乍暖还寒时候"是解此词的难点之一。此词是描写深秋，但是深秋的气候是日渐寒冷才对，顶多应该说是"乍寒还暖"，只有早春的天气才能用得上"乍暖还寒"。所以有人这样解释——这首词是写一日之晨，秋日的清晨，朝阳初出，所以说"乍暖"；但晓寒犹重，秋风刺骨，因此是"还寒"。至于"时候"二字，在宋时已与现代汉语没有区别了。"最难将息"一句则与上文"寻寻觅觅"相呼应，说明从早晨开始自己就心灰意懒，不知如何是好。

"三杯两盏淡酒，怎敌他、晓来风急"，"晓"，通行本作"晚"。从全词意境来看，应该是"晓"字。说"晓来风急"，正与上文"乍暖还寒"相合。古人早晨一般在卯时饮酒，又称"扶头卯酒"。这句是说借酒无法消愁。"雁过也"的"雁"，是南下的秋雁，正是往昔在北方见到的，所以说"正伤心，却是旧时相识"了。这一句是虚写，以寄托词人的怀乡之情。

下阕由秋日高空转入自家的庭院。园中开满了菊花，秋意正浓。"满地黄花堆积"是指落败的菊花堆积满地，"憔悴损"是指菊花枯萎凋谢的模样，因为自己无心看花，所以任凭菊花纷纷凋落，毫无兴致去摘它赏它，然而人不摘花，花当自萎；等到花凋零了，那么想摘也不能摘了。这里既写出了她无心摘花的烦闷心情，又透露出她惜花将逝的哀怜之意，含蓄蕴藉，笔意深远。

"守着窗儿"写出了词人独坐无聊，内心苦闷的状态，比"寻寻觅觅"三句有过之而无不及。古今词人总爱写长夜的孤寂与难捱，这一句却从反处着笔，强调漫长的白昼更令人倍感煎熬，仿佛是天意弄人，偏偏不肯暗下来似的。"梧桐"两句化用温庭筠《更漏子》的下阕"梧桐树，三更雨，不道离情正苦。一叶叶，一声声，空阶滴到明"，与温词不同的是，此词的"梧桐"二句一字不提"情"，却收到了字字不离"情"的效果，含蓄委婉，韵味无穷。最后以"怎一个愁字了得"收束全词，是独辟蹊径。自庾信以来，诗人写愁，多半是大倒苦水，滔滔不绝，恨不得一支笔书尽平生愁苦。李清照在这里却使了一个心眼，只说自己望着满目萧条的秋景，心中愁绪纷繁复杂，但具体是在愁些什么呢？她欲言又止，喟然长叹："这次第，怎一个愁字了得！"词人惨淡的愁容、无奈的叹息、纷乱的心情，反而因全词的戛然而止，犹如云雾一般渐渐从词底氤氲了出来，表面上有"欲说还休"之势，实际上已倾泻无遗。

这首词始终紧扣悲秋之意，尽得六朝抒情小赋的精髓；又以接近口语的朴素清新的宋代官话谱入新声，写尽了词人凄苦悲愁的境遇，极富艺术感染力。

衣冠齐望漱玉香

南渡多年之后，寡居杭州的李清照临窗望树，欲言又止，提笔写下石破天惊的一句"寻寻觅觅，冷冷清清，凄凄惨惨戚戚"。南宋新立，故土沦陷的阴云笼罩在每一个人头顶，多年来挥之不去，又是一年秋风乍起之时，从李清照这处僻静的小院里传出来的七个叠字，自然唤起无数人心头有家难回的离殇。后世词学大家每每论及婉约词时，总也绕不开李清照的这首《声声慢》。其中人们最津津乐道的还属开头十四个创意出奇的叠字。同时代的罗大经在《鹤林玉露》中盛赞："起头连叠七字。以一妇人，乃能创意出奇如此。"张端义在《贵耳集》中将其形容为："此乃公孙大娘舞剑手。本朝非无能词之士，未曾有一下十四叠字者，用《文选》诸赋格。"明代的茅映在他的《词的》中称："这用十四叠字，后又四叠字，情景婉绝，真是绝唱。后人效颦，便觉不妥。"

然而李清照留给后人的，远非一首《声声慢》，她能够引无数衣冠齐望的本事也远不在于她挥毫舞墨的功夫。要知道自古以来擅作词章的女子并不在少数，北宋的朱淑真、孙夫人，都在闺阁中颇负一时之词名，但是两人"往往多怨恨之句"（陈霆《诸山堂词话》卷二），她们的视野局限于妇女活动的空间范围之内，因而词作往往格局狭小。写词不外乎时不时吟唱人生中凄惨黯淡的时光，发一发满腹牢骚。如果李清照作词也是单纯为了抒发幽怨之情，那她恐怕也只能跟朱、孙之流较一较长短，而难以在两宋人杰辈出的词坛中脱颖而出。

细品李清照词作与其平生经历，可以发现，她是一个极具"士子气"的奇女子。她不仅才情极高，更有如士人一般积极入世的情怀。翻开两宋以来的词学评议集，大凡评到李清照，终不免要喟叹她的妇人身份。杨慎在《词品》中一语中的，直言："使在衣冠，当与秦七、黄九争雄，不独雄于闺阁也。"称她不是简单的闺阁女流，她的才情与胸怀足以和秦少游、黄庭坚等衣冠人士一争高下。张端义在《贵耳集》中也对她青睐有加，佩服地评道："妇人中有此文笔，殆间气也。"不过李清照似乎并不在乎什么闺阁或衣冠之分，她从一开始就没有把自己视作世俗眼中的女性。从她不同时期的词作中，我们可以捕捉到虽然她的思想在南渡前后发生了种种嬗变，但是在一件事上，她的态度始终如一。那就是她始终认同自己的身份与性别，她具有超前的两性意识，她认为自己是能够和男人平起平坐的。

李清照词作的笔法与取材均不避嫌，行文间流淌着一股天然的灵气。所作的长短句又协同音律，技法高超，多少士人都难以望其项背。她在南渡前多作词排遣生活的闲愁以及对丈夫的思念之情，如"和羞走，倚门回首，却把青梅嗅""一种相思，两处闲愁。此情无计可消除，才下眉头，却上心头""莫道不消魂，帘卷西风，人比黄花瘦"等等，灵动自然，率性纯真，总能在词句中见她的一片真情；南渡以后，李清照流寓建安、杭州等地，在这一时期，她行无定所，吃尽羁旅的苦头。不过即便如此，她传世的作品中也少有朱、孙的怨恨、孱弱之气，甚至写出"九万里风鹏正举。风休住，蓬舟吹取三山去"这样想象奇特、气势磅礴的惊人之语。即使写愁，也写得"曲折尽人意，轻巧尖新，姿态百出"（王灼《碧鸡漫志》），《声声慢》就是个典型。除了词的创作，李清照在品评人物、总结得失时，也显示出她非同寻常的气度和眼光。大概在宋徽宗大观年间，李清照写了一篇《词论》，提出"词别是一家"的词学主张，同时在这短短数百字中，把前辈及同辈词人如苏轼、秦观、辛弃疾等几乎数落个遍。可谓是嬉笑怒骂，皆成文章。

李清照在行事间也常常带有士人果敢利落的风格。

首先，便体现在她与丈夫赵明诚志同道合的爱情上。两人都有研究金石、工词治学的兴趣，多年以来相互扶持，最终完成《金石录》的写作；时不时还切磋文学水平，留下一段"赌书消得泼茶香"的佳话。他们之间的感情基于那份心心相印、相知相许的默契，是两个完整的人在平等的语境之下自然生发的爱意。在这份感情中，李清照始终保持着独立的人格追求，一旦赵明诚的行为背离了她所追求的人格境界，她也毫不掩饰地加以针砭。如建炎三年（公元1129年）赵明诚任职江宁知府期间，遇事弃城而逃，事后被朝廷罢职，夫妇俩因此不得不迁往江西。行至乌江，李清照面对滔滔江水，吟出了那首千古绝句："生当作人杰，死亦为鬼雄。至今思项羽，不肯过江东。"

其次，也体现在她对时势的紧密关注与她炽热的爱国之心上。南渡后，晚年的李清照寡居临安城，也就是今日的杭州。她时刻关注着朝廷的动向，公元1133年，当她得知高宗有意差人北上打探徽、钦二宗的消息时，心怀激荡地为使者肖胄写下长诗赠别，诗中忆古思今，壮怀激烈，充满浩然之气，字字都在抒发肺腑之情，结尾一句更是豪情万丈："欲将血汗寄山河，去洒东山一抔土。"恨不得自己代替肖胄北上入金，再看一看故土青州。此外，她还作有咏史怀古、气概山河的言志诗，句句表露希望朝廷收复河山的热切之情，如"径持紫泥沼，直入黄龙城""木兰横戈好女子，老矣谁能志千里，但愿相将过淮水"等等。北宋有士大夫与皇帝共治天下的传统，到李清照这里，她一介女流，俨然以士大夫自居，"家事、国事、天下事，事事关心"。

李清照是一个奇女子，她奇在词技高超，推陈出新，以积年功力，搭建起两宋词学理论框架；更奇在她敢以女流之身，评议国事，悲悼山河，令一众衣冠齐望，自愧弗如。

楼外垂杨千万缕，欲系青春，少住春还去。犹自风前飘柳絮，随春且看归何处。

绿满山川闻杜宇，便做无情，莫也愁人意。把酒送春春不语，黄昏却下潇潇雨。

——朱淑真《蝶恋花·送春》

杨柳风斜，黄昏人静，睡稳栖鸦。短烛烧残，长更坐尽，小篆添些。

红楼不闭窗纱，被一缕、春痕暗遮。淡淡轻烟，溶溶院落，月在梨花。

——顾太清《早春怨·春夜》

浣溪沙

晏　殊

一曲新词酒一杯，去年天气旧亭台[1]。夕阳西下几时回？

无可奈何花落去，似曾相识燕归来。小园香径[2]独徘徊。

[1]"去年"句：语本唐人邓谷《和知己秋日伤怀》诗"流水歌声
共不回，去年天气旧池台"。

[2]香径：花园里的小路。

译文

　　我填上一曲新词，倒上一杯美酒，此时的天气，与去年相
同。美好的时光如此短暂，就像夕阳西下般无法挽留，也不知
几时能再回来。

　　怀着无可奈何的心情看着花儿凋零满地，只有似曾相识的
春燕又飞回来了。如今，我独自一人在花园的小路上徘徊，寻
找着失去的梦。

词酒未减韶光暮

晏殊是北宋文人中地位很高的一位，他在很小的时候就以才学闻名，七岁就能写文章。景德初年，被地方官作为神童推荐给朝廷，赐同进士出身。历任太常寺奉礼郎、翰林学士、太子左庶子加给事中、礼部侍郎、枢密副使。因论事得罪太后，以刑部侍郎身份任宣州和应天府的知府。后为御史中丞，改兵部侍郎，兼秘书监、资政殿学士、翰林侍读学士。明道元年（公元 1032 年）任参知政事、尚书左丞。庆历中官至同中书门下平章事、集贤殿学士，兼枢密使。纵观晏殊的一生，历居显官要职，仕途平坦，虽政绩平平，但在文坛上颇有建树。《宋史》说他"文章赡丽，应用不穷，尤工诗，闲雅有情思"。其词擅长小令，多为表现官僚士大夫的诗酒生活和闲情逸致之作。

"一曲新词酒一杯"，主人公的生活是悠闲自在的，他陶醉在美好的时光中，陶醉在生活的享受中。"去年天气旧亭台"，这亭台是他常常登临的，在这里听曲填词，赏月弄花，浅酌低吟，这里留下了青春的足迹和叹息。"天气"和"亭台"在此组成了美好的世界，勾起词人许多的回忆和体验。从复叠错综的句式、轻快流利的语调中可以体味出，词人在面对现实的情境时，开始是怀着轻松喜悦的感情，带着潇洒安闲的意态。但边听边饮，这情境却又不期然触发了词人对"去年"所经历类似情景的追忆：也是和今年一样的暮春天气，面对的也是和眼前一样的亭台楼阁，一样的轻歌曼舞、美酒佳肴。然而，在这似乎一切都依旧的表象下面又分明能够感觉到的东西已经发生了难以逆转的变化，这便是悠悠流逝的岁月和与之嬗变的一系列人与事。

于是词人不由得从心底涌出这样的喟叹："夕阳西下几时回？"夕阳西下，是眼前之景。但词人由此触发的，却是对美好景物与情事的流连，对时光流逝的怅惘，以及对美好事物重现的希冀。这是即景兴感，但所感者实际上已不只限于眼前的情事，而是扩展到其整个的人生，其中不仅有感性活动，而且还包含着某种理性的思考。夕阳西下，是无法阻止的，只能寄希望于它的东升再现，但是时光的流逝、人事的变更，却如一江春水东流，难以逆转。

紧接着的"无可奈何花落去，似曾相识燕归来"两句，是千古名句，不但遣词造句立意高妙，而且情绪表达得非常婉转，使整首词洋溢着生命韵味，富有灵动的诗意。体现出主人公的伤春之情，展现出主人公对美好年华的留恋。此联工巧而浑然天成、流利而含蓄，用虚字构成工整的对仗，唱叹传神，表现出词人的巧思深情，也正是这首词名垂千古的原因。但更值得玩味的是这一联所包含的意蕴。花的凋落、时光的流逝，都是不可抗拒的自然规律，虽然惋惜流连却也无济于事，所以说"无可奈何"，这一句承上阕的"夕阳西下"。然而在这暮春的季节，词人所感受到的并不只是无可奈何的凋衰消逝，还有令人欣慰的重逢，那翩翩归来的燕子不就像是去年在此处安巢的旧时相识吗？这一句对应着上阕的"几时回"。花落、燕归虽也是眼前之景，但一经与"无可奈何""似曾相识"相联系，它们的内涵也就变得非常耐人寻味，带有美好事物的象征意味。而两句最妙之处就在于此——在惋惜与欣慰的交织中，蕴含着某种生活的哲理：我们眼前的一切美好事物终将逝去，但在消逝的同时仍然有良辰美景的不断再现，生活不会因消逝而变成一片虚无。只不过这种重现不是原封不动的复刻，而是"似曾相识"的归来罢了。

词人以"小园香径独徘徊"一句结束全词，给人一种戛然而止却余韵悠长的感觉。主人公为什么"独徘徊"呢？因为这小园中的一草一木、一石一亭，包括那日复一日的夕阳西下和年复一年的花落燕归，都会让他沉思，都启示着他去领会，在享受生活的同时意识到时光的逝而不返，从而加深了对生命存在意义的理解。

从这个意义上看，这首小令还真的就不是单单写闲愁的了。此词之所以脍炙人口，广为传诵，其根本的原因就在于情中有思。词中似乎于无意间提到了"落花""归燕"等司空见惯的现象，但词人举重若轻，以寥寥数笔又把这些随处可见的现象写得极富哲思，启迪人们从更高层次思索宇宙人生的问题。全词的情感也是两面性的，虽含伤春惜时之意，却实为感慨抒怀之情。

总体而言，词的上阕绾合今昔，叠印时空，重在回忆往事；下阕则巧借眼前景物，着重写今日的感伤。全词语言圆转流利，通俗晓畅，清丽自然，意蕴深沉，启人神智，耐人寻味。词中对宇宙人生的沉思，给人以哲理的启迪和美的享受。

几许闲愁度光阴

著名的文学家、政治家晏殊，十四岁时就被地方官作为"神童"推荐给朝廷。他本来不必参加科举考试便能够得到官职，但是他没有这样做，而是毅然参加了考试。

事情十分凑巧，那次考试的题目是他做过的，而且还得到过好几位名师的指点。这样一来，他本来可以毫不费力地从几千名考生中脱颖而出，但是晏殊并没有因此而感到高兴，而是在接受皇帝复试的时候，把情况如实地告诉了皇帝，并要求另外出一个题目当堂考他。皇帝与大臣们在商议之后出了一道难度更大的题目，让晏殊当堂作文。结果，他的文章写得仍然非常好，得到了皇帝的褒奖。

晏殊在步入仕途之后，每天办完公事，回到家里总是会闭门读书。皇帝得知这一情况，十分高兴，就点名让他做了辅佐太子的官员。当晏殊去向皇帝谢恩的时候，皇帝又称赞他闭门苦读的精神。晏殊却说："我不是不喜欢宴饮游乐，只是因为家贫无钱，才不去参加的。我是有愧于皇上的嘉奖的。"皇帝又称赞他既有真才实学，又质朴诚实，是难得的人才，几年之后又提拔他做了宰相。

晏殊的仕途非常平坦，六十三岁时被封为临淄公。死后，宰相苏颂做他的谥仪（宣布谥号的主持官），谥号"元献"；仁宗皇帝为他题写了墓碑的碑额"旧学之碑"；欧阳修为他撰写碑文。

晏殊的一生没有什么大风大浪，而他的文学造诣之高又是无可争辩的事实。他的词中洋溢着富贵的气象，这种富贵气不是做出来的，而是他人生际遇的自然写照。这种平静富贵的气度，无可奈何的闲愁，比陶渊明、谢灵运所歌唱的那些对平淡生活的追求自然得多、可信得多、亲切得多、实在得多。

人们总是喜欢说只有疾风暴雨才能考验人。其实，疾风暴雨只是一种紧急的状态、短暂的状态，在疾风暴雨过后，还是风和日丽、百无聊赖的时光，所以说，平平淡淡才是真。只有平凡才是最真实最可贵的。

问君能有几多愁？恰似一江春水向东流。

——李煜《虞美人》

独上江楼思渺然，月光如水水如天。

同来望月人何在？风景依稀似去年。

——赵嘏《江楼感怀》

八声甘州[1]

柳 永

对潇潇[2]暮雨洒江天，一番洗清秋。渐霜风凄紧[3]，关河冷落，残照当楼。是处[4]红衰翠减[5]，苒苒[6]物华[7]休。惟有长江水，无语东流。

不忍登高临远，望故乡渺邈[8]，归思难收。叹年来踪迹，何事苦淹留[9]？想佳人、妆楼颙望[10]，误几回、天际识归舟[11]。争[12]知我、倚阑干处，正恁[13]凝愁[14]！

075

[1] 八声甘州：唐教坊大曲有《甘州》，杂曲有《甘州子》。因属边地乐曲，故以甘州为名。《八声甘州》是从大曲《甘州》截取一段而成的慢词。因全词前后共八韵，故名八声。又名《潇潇雨》《宴瑶沁池》等。《词谱》以柳永为正体。九十七字，平韵。

[2] 潇潇：形容雨声的急骤。

[3] 凄紧：一作"凄惨"。

[4] 是处：到处，处处。

[5] 红衰翠减：红花绿叶，凋残零落。李商隐《赠荷花》："翠减红衰愁煞人。"翠，一作"绿"。

[6] 苒苒：茂盛的样子。一说，同"冉冉"，犹言"渐渐"。

[7] 物华：美好的景物。

[8] 渺邈：遥远。

[9] 淹留：久留。

[10] 颙望：凝望。一作"长望"。

[11] 天际识归舟：语出谢朓《之宣城郡出新林浦向板桥》"天际识归舟，云中辨江树"。

[12] 争：怎。

[13] 恁：如此，这般。

[14] 凝愁：凝结不解的深愁。

　　傍晚时分，独立江边，望着潇潇的暮雨从天边泼洒在秋江之上。真是好一番急骤的风雨，洗净了秋日河山。凄凉的风霜逐渐迫近，关隘、山河冷清萧条，落日的余光照耀在楼上。到处是红花凋零翠叶枯落的景象，美好的景物渐渐衰残。只有长江水，默默无言地向东流淌。

　　不忍登上高山，眺望远方那渺茫遥远的故乡，渴望回家的想法难以收拢。叹息这些年来到处漂泊不定，为什么还要苦苦地客留在异乡？想起家中的美人，正站在华丽的楼阁中放眼凝望，多少次错把远处驶来的船当作心上人回家的船。怎么能够知道，我在异乡倚着栏杆眺望故乡的时候，也同样愁思深重。

离群雁望断秋江

雨后的傍晚，天空和江面都澄澈如洗。词人登临纵目、望尽天涯的形象跃然纸上。"渐霜风凄紧"，以一个"渐"字，领起四言三句十二字。"渐"字承上句而言，当此清秋季节，复经雨水的涤荡，景物因此又生出了一番变化。词人用一"渐"字，可谓牢牢抓住了天气变迁的特点，气候在反复变化中终于走向"霜风凄紧"的深秋。深秋时节，满目萧条，关河冷落。衣衫单薄的游子，感觉到难以抵挡的凄凉和肃杀。一个"紧"字，从气氛到声韵写尽了悲秋之气。再一个"冷"字，层层逼进。而"凄紧""冷落"，又都是双声词，在声韵上具有很强的感染力，紧接一句"残照当楼"，境界全出。这一句的精彩处就在"当楼"二字，好像天地间的悲秋之气都一起涌入这孤零零的小楼阁。

"是处红衰翠减，苒苒物华休。"词意由苍茫陡然变得悲壮起来，进而转入细致的沉思，由仰观转为俯察，所见之处皆是一片凋落的景象。"红衰翠减"，倍显狼藉。"苒苒"，正与"渐"字互为呼应。一个"休"字寓有无穷的感慨和忧愁，接下来"惟有长江水，无语东流"写的是短暂与永恒、改变与不变之间的人生哲理。"无语"二字是"无情"的意思，这一句蕴含了百感交集的复杂心理。

"不忍"点明了背景是登高临远，说是"不忍"，则又多了一番曲折，多了一番情致。至此，全是以写景为主，将情寓于景中。下阕的妙处在于词人以己度人，本是自己登高远眺，却偏又想到故园闺中的人，她应该也是登楼望远，盼望自己归来。"误几回"三字则更为这名女子增添了几分哀愁的神韵，一个苦苦守候心上人的温婉佳人形象呼之欲出。

结尾处是点睛之笔。"倚阑干"一词与"对""当楼""登高临远""望""叹""想"等，都有内在的联系，可以说"倚阑干"三字一出，暗示着词人要总结收束他在前文中发散出来的千万种情思。词中登高远眺所见的景物，皆为"倚阑干"时所看到的；思归之情又是从"凝愁"中生发出来的；而"争知我"三个字则化实为虚，使思归的愁苦、怀人的感情表达得更为曲折动人。

这首词章法严谨，结构细密，以望乡为主旨，通篇贯串一个"望"字，词人的羁旅之愁，漂泊之恨，全都从一个"望"字中透出；又融写景、抒情为一体，通过描写羁旅行役的痛苦，表达了强烈的思归情绪，语言浅近而感情深挚。它是柳永同类作品中艺术成就最高的一首，苏东坡评价其中的佳句"不减唐人高处"。

奉旨填词柳三变

南宋叶梦得在《避暑录话》中评柳词："凡有井水处，皆能歌柳词。"在两宋词坛中，倚马可待、技艺高超的才子词人不在少数，但唯有柳永能得到这样的评价，这算是独一份了。

柳永，原名柳三变，字耆卿，崇安人。柳永年轻时也像封建时代的大多数知识分子一样，把科举考试当作自己人生的第一要务，哪知他的仕途却充满了坎坷。他二十多岁时赴京赶考，没有考上，愤怒之余写了一首《鹤冲天》：

黄金榜上，偶失龙头望，明代暂遗贤，如何向？未遂风云便，争不恣狂荡。何须论得丧，才子词人，自是白衣卿相。

烟花巷陌，依约丹青屏障。幸有意中人，堪寻访。且恁偎红倚翠，风流事，平生畅。青春都一饷，忍把浮名，换了浅斟低唱。

柳永在这首词中大发牢骚，不停地"碎碎念"：此次落榜不过"偶失龙头望"，再说，中不中榜又有什么好纠结的？何必像俗人一样计较名利得失？他柳永才高八斗，自认是封卿拜相的人品，倒不如自己给自己封一个官儿——白衣卿相。如花美眷、似水流年都在烟花巷陌里等着他，生活里有诗有酒有佳人，青春不过如此，他还要那些浮名做什么？索性把这浮名一扔，对酒当歌、浅酌低唱。

柳永本来是想借着自己的老本行倒一倒苦水，哪知这首词一出，立刻传遍大街小巷，传着传着，最后还传进了宫里。

当时还是太子的宋仁宗捏着太监呈上来的这首词时心里在想些什么，如今我们已经不得而知，不过有一点可以肯定，他算是把柳永牢牢记住了。

虽然柳永后来又作词《如鱼水》："富贵岂由人，时会高志须酬。"表示对首次应试的不利已不再介怀，并仍抱希望。但接下来九年里他参加的两次科举考试，皆落榜。又过了六年，柳永再次参加科举考试，终于以他出众的才华脱颖而出。但是当皇榜的名单送到皇帝那里圈点的时候，宋仁宗看到柳永的名字，想起了他那首《鹤冲天》，就在旁边批道："且去浅斟低唱，何要浮名？"把他的名字勾掉了。

皇上轻轻的一笔，彻底把柳永推到市民堆里去了。柳永只好自我解嘲说："我是奉旨填词。"从此，他终日流连于歌馆妓楼、瓦肆勾栏，他的文学才华和艺术天赋与这里喧闹的生活气息、优美的丝竹管弦、婀娜的多情女子产生了共鸣。仕途上的失意并没有妨碍他在艺术上的创作，相反，正是这种失意造就了独特的词人柳永，造就了独特的"俚俗词派"。

柳永浪迹于歌楼妓馆，以卖词为生，这样生活了十年。然而就是这十年，成就了他日后在中国文学史上的盛名。十年后——五十岁那年——他将名字改成了"柳永"方才考中进士，做了几任小官。对柳永本人而言，我们作为旁人很难说他的经历是幸运的还是不幸的；然而，对于中国文学尤其是宋词来说，这段"奉旨填词"的遭遇却绝对是大幸。

柳永历经宋真宗、宋仁宗两朝五次大考才中了进士，这五次大考取士达千人，其中多数人顺顺利利地当了官，有的或许还显赫一时，但他们早已被历史忘得干干净净，而柳永却真正做到了名垂千古。

如果柳永没有这段经历，也就没有传诵千古的柳词。他的遭遇为他提供了一个接近和了解底层人民的机会，为他反映人民疾苦的词作注入了生命和活力。柳永是北宋第一位"专业词人"，他精通音律，尤其熟悉歌妓们演唱的民间乐曲，加之他长年来往于秦楼楚馆，流连于教坊歌台，受到了乐工、歌妓的影响，才得以创造出以白描见长、铺叙点染、状抒情致的柳词。与皇帝贵族相比，柳永是仁爱的。他的词充满了对歌妓的同情，写出了她们对正常人生活的向往，对真挚爱情的追求，同样地，柳永也受到了她们的爱恋和尊重。

早岁那知世事艰，中原北望气如山。

楼船夜雪瓜洲渡，铁马秋风大散关。

塞上长城空自许，镜中衰鬓已先斑。

出师一表真名世，千载谁堪伯仲间。

——陆游《书愤》

前不见古人，后不见来者。

念天地之悠悠，独怆然而涕下。

——陈子昂《登幽州台歌》

桂枝香

王安石

登临送目，正故国[1]晚秋，天气初肃。千里澄江似练[2]，翠峰如簇。征帆去棹残阳里，背西风，酒旗斜矗。彩舟云淡，星河[3]鹭起，画图难足。

念往昔，繁华竞逐，叹门外楼头，悲恨相续。千古凭高对此，谩嗟荣辱。六朝[4]旧事随流水，但寒烟衰草凝绿。至今商女，时时犹唱，后庭遗曲。

[1] 故国：金陵为六朝旧都，遂称故国。

[2] 千里澄江似练：比喻长江澄碧如缎带。

[3] 星河：银河，喻指长江，强调水天一色。

[4] 六朝：三国吴，东晋，南朝宋、齐、梁、陈都建都金陵。

登上高楼凭栏远眺，金陵正是一派晚秋的景象，天气渐渐开始变得萧索。澄澈的千里长江宛如一条白练；青翠的山峰俊伟峭拔，又如一束束箭镞。江上的小船张满了帆，箭一般地向夕阳驶去。前面仿佛有什么东西迎着西风飘拂，细看之下，原来是斜插在酒家门前的旌旗。色彩缤纷的画船出没在云烟缥缈的江面，江上的白鹭时而停歇时而飞起，这般美景，即便是最娴熟的丹青圣手也难以把它完美地勾勒出来。

　　回想起六朝往事，皇室贵族无休止地互相竞逐奢华淫靡的生活，不由得感叹"门外韩擒虎，楼头张丽华"的亡国悲恨在这三百年间接连相续。自古以来多少人在此登高怀古，无不喟叹感伤历代荣辱。六朝的风云变幻全都随着流水消逝，只有那郊外的寒冷烟雾和衰败的野草还尚且凝聚着一片绿色。直到如今，商女还不知亡国的悲恨，时时放声歌唱《后庭花》遗曲。

金陵疑复旧烟云

金陵，即今天的南京，是六朝古都之所在。公元229年，东吴在此建都，此后东晋与南朝宋、齐、梁、陈相继在此建都。到了宋朝，这里依然是市廛兴盛、灯火万家，呈现出一派繁荣的景象。在地理上，金陵素有"虎踞龙盘"之称，山川秀美，雄伟多姿。大江西来，折而向东，奔流入海；山地、丘陵、江河、湖泊纵横交错。秦淮河犹如一条玉带横贯城中，玄武湖、莫愁湖恰似两颗明珠镶嵌在城的左右。王安石正是面对这样一片大好河山，想到江山依旧、人事变迁，怀古而思今，写下了这篇"清空中有意趣"的政治抒情词。

一个深秋的傍晚，词人临江览胜，凭高吊古。他虽以登高望远为主题，却是以故国晚秋为眼目。他看到了金陵最有特征的风景：千里长江明净得如同一匹绸缎，两岸苍翠的群峰好似争相聚在一起。这两句，化用了南朝诗人谢朓名句"余霞散成绮，澄江静如练"，却发挥出别于谢诗的意蕴。一个"似练"，一个"如簇"，形胜之景已跃然而出。然后专写江色，纵目一望，只见在斜阳映照之下，帆风樯影交错于江波之上。凝眸细看，西风劲吹，那酒肆的旌旗高高挑起，在风的吹拂下翻飞飘舞。原文的一个"背"字，一个"矗"字，用得极妙，由此也可见作者体物功力之深，竟把一幕极其寻常的景象刻画得如此典型而富有诗意，画面感极强。写景至此，用的全是白描手法，接下来两句则有所变化。"彩舟""星河"二词一出，顿时增添了明丽之色，全词词境为之一新：极目远眺，在那水天一色的地方，来往的游船画舫在淡淡的云彩中时隐时现；一群白鹭在银河般的洲渚中腾空而起。如此秀丽的风光真可谓"画图难足"！

词的下阕，词人的笔锋一转，凭吊起数百年前的往事。借"念往昔"三字，词人宕开笔墨，扩大词境的时空范围，追溯六朝兴衰之变。"门外楼头"化用自杜牧《台城曲》的"门外韩擒虎，楼头张丽华"一句，以陈后主的荒唐事——敌军韩擒虎都已经兵临城下，这个昏君还流连于张丽华的美色陶然忘忧——为反面教材，承上启下，既补充上文"繁华竞逐"的具体含义，又引出下文"悲恨相续"六朝接连亡国的事实。

金陵六朝就像走马灯似的一个接一个地覆灭，亡国的悲剧重复上演。对此，词人苦笑一声，意味深长道：古往今来人们怀古伤今，不过都是空发一顿牢骚，毫无家国情怀与忧患意识的真正觉醒。感慨过后，依旧任凭祸患滋长，悲恨重生。六朝旧事随着东逝的江水一去不复返了，剩下的只有几缕寒烟和一片绿色的衰草。结尾处，词人又借用杜牧《泊秦淮》的"商女不知亡国恨，隔江犹唱后庭花"一句，暗示六朝亡国的教训已被人们忘记了，借古讽今，寓意深刻。

这首词大约写于词人再次罢相、出任江宁知府的时候。作为一个伟大的改革家、思想家，他站得高看得远。通过评议六朝相继亡国的事实，表达了他对北宋朝廷的不满，作品中藏有一股强烈的忧患意识；同时，这首词也有很高的文学价值，词人以诗入词，格调高远，通过这样一首论政之词"一洗五代旧习"，成为词史发展的一个转折点。当时的北宋词坛虽然已有晏殊、柳永这样一批著名的词人，但是他们都没有突破"词为艳科"的樊篱，词风靡丽缱绻，难登大雅之堂。王安石的这首词全篇意境开阔，把壮美的江山胜景和浩荡的历史往事和谐地融合在一起，自成一格。《历代诗余》引《古今词话》说："金陵怀古，诸公寄调《桂枝香》者三十余家，惟王介甫为绝唱。"王安石一生虽然写词很少，这首词却是千古传唱。

后庭玉树已秋声

　　魏晋南北朝的最后一位皇帝陈叔宝（即陈后主）是一个完全不懂国事、只知道喝酒享乐的人。陈后主宠爱的贵妃张丽华本是歌妓出身，史载她发长七尺，光可鉴人，陈后主对她一见钟情，据说即使是在朝堂之上，还常抱着她与大臣共商国是。陈后主耽于享乐，大兴土木，建造了三座豪华的楼阁，以供他的宠妃们居住。宰相江总、尚书孔范等人，也只会逢迎拍马，玩玩文字游戏而已，从来不把国家大事放在心上。他们喝酒吟诗，制作俗艳的诗词，如《玉树后庭花》《临春乐》等，而且都配上曲子。陈后主还专门挑选了一千多个宫女，专门演唱他们创作出来的这些靡靡之音。

　　陈后主这样穷奢极欲，他对百姓的搜刮自然非常残酷。百姓被逼得过不了日子，流离失所，到处可见倒毙的尸体。大臣傅宰上奏章说："现在已经到了天怒人怨、众叛亲离的境地了。

这样下去，恐怕我们的王朝就要完了。"

陈后主一看奏章就恼了，派人对傅宰说："你能认错改过吗？如果愿意改过，我就宽恕你。"

傅宰说："我的心同我的面貌一样。如果我的面貌可以改，我的心才可以改。"

陈后主恼羞成怒，就把傅宰杀了。

就这样，陈后主又过了五年荒唐的生活。与此同时，北方的隋朝渐渐强大起来，决心灭掉南方的陈朝。

公元588年，隋文帝造了大批战船，派他的儿子晋王杨广、丞相杨素担任元帅，贺若弼、韩擒虎为大将，率领五十一万大军，分兵八路，渡江进攻陈朝。

隋文帝亲自下达讨伐陈朝的诏书，列举陈后主二十条罪状，还把诏书抄写了二十万张，派人带到江南各地散发。陈朝的百姓已经恨透了陈后主，看到了隋文帝的诏书，人心愈发动摇起来。

杨素率领的水军从永安出发，乘几千艘黄龙大船沿着长江东下，满江都是旌旗，战士的盔甲在阳光下闪闪发光。陈朝的江防守兵看了，都吓呆了，哪里还有抵抗的勇气。其他几路隋军也都顺利地开到江边，江边陈军守将的急报接连不断地送到建康。

陈后主正跟宠妃、大臣们醉得东倒西歪，起初收到警报，连拆都没有拆，就往床下一丢了事；后来警报越来越紧了，有大臣一再请求商议抵抗隋兵的事，陈后主才召集大臣商议。

陈后主说："东南是块福地，以前北齐来攻过三次，北周也来了两次，都失败了。这次隋兵来，还不是一样来送死，没有什么可怕的。"

他的宠臣孔范也附和着说："陛下说得对。我们有长江天险，隋兵又不长翅膀，难道能飞得过来？这一定是守江的官员贪功，故意造出这个假情报来。"

这群人你一言，我一语，根本不把隋兵进攻当作一回事，笑话了一阵，又照样叫歌女奏乐，喝起酒来。

公元589年正月，贺若弼的人马从广陵渡江，攻克京口；韩擒虎的人马夜里渡江到采石，两路隋军逼近建康。到了这个火烧眉毛的时候，陈后主才有些清醒过来。城里的陈军还有十几万人，但是陈后主手下的宠臣江总、孔范一伙人都不懂怎么指挥。陈后主急得哭哭啼啼，手足无措。隋军一路顺利地攻进建康城，陈军将士被俘的被俘，投降的投降。

隋军打进皇宫，到处找不到陈后主。后来，捉了几个太监审问，才知道陈后主藏身在后殿的一口井中。隋兵找到后殿，果然有一口井。往下一望，是个枯井，隐约看到井里有人，就高声呼喊。井里没人答应。兵士们威吓着叫喊说："再不回答，我们要扔石头了。"说着，真的拿起一块大石头放在井口，装出要扔的样子。井里的陈后主吓得尖叫了起来。兵士把绳索丢到井里，把陈后主和两个宠妃拉了上来。

自此，陈朝灭亡。陈后主最后病死在洛阳，追封长城县公。

而陈后主这个亡国昏君所作的《玉树后庭花》也因此被后人看作亡国之音，被历代亡国文人引入词章借古讽今。

烟笼寒水月笼沙，夜泊秦淮近酒家。

商女不知亡国恨，隔江犹唱后庭花。

——杜牧《泊秦淮》

台城六代竞豪华，结绮临春事最奢。

万户千门成野草，只缘一曲后庭花。

——刘禹锡《台城》

长记小妆才了。一杯未尽，离怀多少。

醉里秋波，梦中朝雨，都是醒时烦恼。

料有牵情处，忍思量、耳边曾道。

甚时跃马归来，认得迎门轻笑。

——时彦《青门饮·寄宠人》

第三辑

意 先 凝

水调歌头 [1]

苏 轼

丙辰 [2] 中秋，欢饮达旦，大醉，作此篇，兼怀子由 [3]。

明月几时有？把酒问青天 [4]。不知天上宫阙，今夕是何年。[5] 我欲乘风归去，又恐琼楼玉宇，高处不胜寒。起舞弄清影，何似在人间！

转朱阁，低绮户，照无眠。不应有恨，何事长向别时圆？人有悲欢离合，月有阴晴圆缺 [6]，此事古难全。但愿人长久，千里共婵娟 [7]。

[1] 水调歌头：大曲《水调歌》的首段，故曰"歌头"。双调，九十五字，平韵。

[2] 丙辰：宋神宗熙宁九年（公元 1076 年）。

[3] 子由：苏轼的弟弟苏辙的字。

[4] 把酒问青天：出自李白诗《把酒问月》："青天有月来几时？我今停杯一问之。"

[5] "不知"二句：化用牛僧孺《周秦行纪》："共道人间惆怅事，不知今夕是何年。"

[6] 月有阴晴圆缺：化用司马光《温公续诗话》记石曼卿诗："月如无恨月长圆。"

[7] 婵娟：月色美好。

译文

　　丙辰年的中秋节,我高兴地喝酒喝到第二天清晨,喝得酩酊大醉,写了这首词,同时怀念弟弟子由。

　　明月是什么时候诞生的呢?我端着酒杯遥问青天。不知道天上的仙宫里,如今又是何年何月。我想乘着清风回到月殿,却又担心那美玉打造的广寒宫过于高耸,我承受不住它的凄寒。在浮想联翩中,对月起舞,清影随人,仿佛乘云御风,置身于天上,哪里像是在人间!

　　月华流转,映在华美的楼阁之上;夜色愈深,月光又低低地折进雕花的门窗里,照着辗转反侧、难以安眠的离人。月圆之时本来不应该有遗憾,但为什么月亮常常要趁着人们离别的时候变圆呢?人一生里会经历无数悲、欢、离、合,月的一生也会有无数阴、晴、圆、缺。所以人月皆圆这种事,自古以来就难以两全。只愿我们都安康长久,即使远隔千里,也能够共同欣赏这一帘美好月色。

婵娟影乱绮窗开

　　这首著名的《水调歌头》写于宋神宗熙宁九年（公元1076年）。这一年，苏轼四十一岁，任密州（今山东诸城）太守。中秋节那天，他痛痛快快地饮了一夜的酒，直到天亮。在酩酊大醉中，他写了这首词，既是为遣怀，又是为寄托他对弟弟苏辙的思念——他们兄弟俩已多年没见了。

　　词从望月一事写起，洋洋洒洒地围绕着"明月"展开各种奇妙联想。开头四句接连问月问年，宛如屈原的《天问》，起调奇逸，意境旷远。苏轼设想自己前生是月中人，因而萌生了"乘风归去"的想法。他在月下起舞，四下里光影清绝，胜似月地云阶、广寒清虚的天上宫阙。但是天上和人间、幻想和现实、出世和入世，这两种对立的状态同样具有无穷的魅力，吸引着众多如他一般渴望超脱俗世而又留恋人间温情的士人。终于，经过内心一番苦苦挣扎，他还是选择留在这十丈软红之中。

词的下阕主旨是怀人，改写实为写意，化景物为情思。其中，最主要的一点即是词人通过思考月圆月缺的现象，对人的悲欢离合与聚散无常做出了一番豁达超旷的解释，充满圆妙的哲思与飘逸的遐想。"转朱阁，低绮户，照无眠"三句，由月色引出人情，"无眠"指代的正是躺在床上心事重重的词人。"不应有恨，何事长向别时圆"两句，承"照无眠"而下，笔致顿挫，耐人寻味，表面上是恼月照人，徒增"月圆人不圆"的怅恨，实则却是对月怀人，并由这思念之情挑出一笔，展开对亘古以来人事难休的哲理性思考。受佛老之学影响，苏轼洒脱、旷达的襟怀已是日臻入境，他齐宠辱，忘得失，超然物外，在对离合聚散的认识上远甚旁人。他在长夜里上下求索，忽然灵光一现，顿悟了聚散离合、人世无常的真理——"人有悲欢离合，月有阴晴圆缺，此事古难全"。结尾"但愿人长久，千里共婵娟"一句，转向更高的词境，向世间所有离别的亲人（包括自己的兄弟），发出深挚的慰问和祝愿。这一句是画龙点睛之笔，给全词注入昂扬的格调，可谓真正的超然物外了。总的说来，下阕笔法大开大合，笔力雄健浑厚，高度概括了人间天上、世事自然变化的错综复杂之处，表达了词人对美好、幸福生活的向往，既富于哲理，又饱含深情。

苏轼兄弟之间情谊甚笃。他与苏辙自熙宁四年（公元1071年）颍州分别后已有五年没有相见了。苏轼原本任杭州通判，因苏辙在济南任掌书记，特地请求北徙。可惜到了密州还是无缘相会。他在《颍州初别子由》中表达了这一遗憾："咫尺不相见，实与千里同。人生无离别，谁知恩爱重。"不过苏轼始终还是那个潇洒的乐天派，他在随后所作的这首词中便释怀了当时的苦闷，以理遣情，示意相距千里之人亦可以从共同赏月中互致慰藉。离别是常有之事，人生不求长聚，两心相照，明月与共，未尝不是一个美好的境界。

这首词是苏轼哲理词的代表作，表现了苏轼热爱生活、情怀旷达的一面，充分体现了词人对永恒的宇宙和易变的世事两者的综合理解与认识。境界高洁，说理通达，情味深厚，并出以潇洒之笔，一片神行，不假雕琢，卷舒自如，因此九百多年来传诵不衰。胡仔在《苕溪渔隐丛话后集》卷三九中盛赞："中秋词，自东坡《水调歌头》一出，余词尽废。"吴潜于《霜天晓角》中也对这首词念念不忘："且唱东坡《水调》，清露下，满襟雪。"《水浒传》第三十回写八月十五"可唱个中秋对月对景的曲儿"，唱的就是这"一支东坡学士中秋《水调歌》"。

海岛冰轮初转腾

中国是诗的国度，自古以来，吟咏山川景物、风土人情、悲欢离合及凭古吊今、怀念伤别的诗文数不胜数。可以说人类与自然界有着天生的亲缘关系，特别是艺术家们，他们善感的心灵最容易为自然所感动。他们以天生的艺术触角感受和描绘着这个世界，从而"笼天地于形内，挫万物于笔端"，风花雪月、花鸟虫鱼都成为他们描写的对象。

其中，咏月作为一个长盛不衰的文学话题，在中华五千年的文化发展史中留下了浓墨重彩的一笔。在我们的文化里，月亮一开始就不只是一个普通的星体，它伴随着神话飘然降临在我们祖先懵懂的意识中，负载着深刻的文化意义。翻开浩如烟海的中国文学史，不难发现从古至今，月亮在各种诗词文章中频频露面，这几乎已成为一种文学现象。单看唐诗和宋词，以描写月亮为主题的诗词竟然占到总量的四分之一，可见人们对它的关注程度之高。

"古人不见今时月，今月曾经照古人"，在历史长河中，任凭江山易主、人事凋零，中国文人对月亮的青睐总是一脉相承，月亮在他们的创作实践中不断被赋予丰富的文化属性，厚积而薄发，最终形成我们独特的"中国月亮"。

"中国月亮"通常有以下几种典型的象征意味：

首先是象征团圆。以月圆比喻人的团圆，以月缺比喻人的离别，比较有代表性的是苏轼的《水调歌头》："人有悲欢离合，月有阴晴圆缺，此事古难全。但愿人长久，千里共婵娟。"

其次是象征思念，最具有代表性的是李白的《静夜思》："床前明月光，疑是地上霜。举头望明月，低头思故乡。"诗人在这里借月表达的是对故乡的思念之情。

再次是把月亮当成美的象征、爱的象征。比如张若虚的《春江花月夜》中的"春江潮水连海平，海上明月共潮生。滟滟随波千万里，何处春江无月明""江畔何人初见月，江月何年初照人。人生代代无穷已，江月年年望相似。不知江月待何人，但见长江送流水"，按照闻一多的解释，这里的"月"代表的是爱的传递。

最后是把月亮作为纯洁无瑕的象征，进而引申出一种晶莹高洁的境界，以自然的纯洁对应人类心灵的纯洁，如李白的《玉阶怨》："玉阶生白露，夜久侵罗袜。却下水晶帘，玲珑望秋月。"这里把月亮作为美好纯洁的象征。

月亮作为一种物我两忘契合天机的神秘启示物，也参与了中国士大夫的人格塑造。"万古长空，一朝风月"是中国人神往的人生境界。当士大夫经历了人生波折顿悟了人生的禅机，便自然而然地走向那澄澈晶莹的月光世界，希冀着"抱明月而长终"，吟风啸月、潇洒自如成为士大夫努力追求的人生境界。一轮明月缺圆盈亏，历时邈远，汇聚着历史的烟尘，而深藏在我们心灵中的"中国月亮"却永远是皎洁宁静的。

海上生明月，天涯共此时。

——张九龄《望月怀远》

唯应待明月，千里与君同。

——许浑《秋霁寄远》

念故人，千里自此共明月。

——寇准《阳关引》

木兰花

宋祁

东城渐觉风光好，縠皱[1]波纹迎客棹。

绿杨烟外晓寒轻，红杏枝头春意闹。

浮生[2]长恨欢娱少，肯爱[3]千金轻一笑。为君持酒劝斜阳，且向花间留晚照。

[1] 縠皱：绉纱似的皱纹，比喻水的波纹。

[2] 浮生：指漂浮无定而短暂的人生。

[3] 肯爱：岂肯吝惜，即不吝惜。

在城的东边已经能够感受到春天的气息，风光旖旎，出门踏春，只见水面上泛起的波纹如同轻纱上的皱纹。杨柳已经变绿了，远远望去如同笼罩了一层缥缈的烟雾，而春寒料峭，凉意依然，只有那枝头盛开的杏花装扮着烂漫的春光。

人生如梦，俗务缠身，少了一些欢愉的时光，我真愿意用千金来博得美人的微笑。让我为你举杯挽留夕阳的脚步，请它在傍晚将近之际照向这一树明媚的杏花。

红杏枝头春意闹

在中国历代的文学作品中，描写春天的诗词数不胜数，宋祁的《木兰花》就是公认的一篇佳作。全词想象新颖，颇具特色。

上阕从游湖写起，"东城渐觉风光好"用叙述的语气缓缓道来，表面上似是不经意之语，但"好"字已压制不住对春天的赞美之情。以下三句就是"风光好"的具体发挥与形象写照。首先是"縠皱波纹迎客棹"，以拟人化的手法，将水波写得生动、亲切而又富有灵性，把人们的注意力引向盈盈的春水。那一条条漾动着的波纹，仿佛是在向客人招手表示欢迎，让人们跟随它去观赏"绿杨"。"绿杨"一句写远处杨柳如烟，一片嫩绿，虽然是清晨，却仍有轻微的寒气。"绿杨"点出了"客棹"来临的时光与特色。"晓寒轻"写的是春意，也是词人心头的情意。"波纹""绿杨"都是春天的象征。但是，更能象征春天的是春花，在此前提下，上阕最后一句终于咏出了"红杏枝头春意闹"这一千古绝唱，以杏花的盛开衬托浓浓的春意。词人以拟人的手法，用一个"闹"字，不仅形象地表现出杏花的纷繁艳丽，更把生机勃勃的大好春光全都点染了出来，将烂漫的春光描绘得活灵活现，呼之欲出。不仅有色，而且似乎有声。

下阕则一反上阕明艳的色彩、舒朗的意境，转而感叹人生如梦，岁月虚无缥缈，匆匆即逝，不能吝惜金钱而轻易放弃这欢乐的瞬间，因而应当及时行乐。词人身居要职，官务缠身，很少有时间或机会从春天里寻找人生的乐趣，故引以为"浮生"之"长恨"。于是，就有了宁弃"千金"而不愿放过大好春光，获取短暂"一笑"的感慨。此处化用"一笑倾人城"的典故，抒写词人携妓游春时的心境。既然春天如此可贵可爱，词人禁不住"为君持酒劝斜阳"，提出了"且向花间留晚照"的强烈要求。这要求是"无理"的，因此，也是不可能实现的，却能够充分表现出词人对春天的珍视，对光阴的爱惜。

这首词章法井然，开阖自如，言情虽缠绵却并不轻薄，措辞虽华美而不浮艳，在赞颂明媚春光的同时，又表达了及时行乐的情趣，将执着人生、惜时自贵、流连春光的情怀抒写得淋漓尽致，具有极高的艺术价值。

宋祁诗词俱佳。其诗内容多为书景状物，文字工丽，描写生动。他的词更是为人称羡，"红杏枝头春意闹"一句，博得了时人的交口称赞，同时代的词人张先便送给宋祁"红杏尚书"的雅号；王国维也在《人间词话》中对这一句给予了极高的评价，所谓"着一'闹'字，而境界全出"。

名花遗世误倾国

西周的时候，周幽王得到一名绝世美女，名叫褒姒，她是古褒国人为了赎罪而献给天子周幽王的。褒姒长得美极了，她的容貌简直就是闭月羞花、沉鱼落雁。她虽然有一张惊艳千古的容颜，但她却总也快活不起来，整天都是一副冷冰冰的样子。

周幽王非常宠爱她，但是始终都没有见过她笑的样子，他放着民不聊生、饿殍遍野的国家不去治理，整天就想着如何才能逗褒姒一笑。今天山珍海味，明天绫罗绸缎，后天歌舞升平，花样层出不穷，但结果只有一个——失败。

周幽王已经无计可施，褒姒依旧冷冰冰。后来一名弄臣想出了一个馊到极点的主意，他建议周幽王命人点燃烽火台上的狼烟，然后就可以和褒姒在那里等着看笑话了。古时候通信工具不发达，当国家受到侵略的时候，就点燃烽火作为警报。西周的诸侯们看到烽火警报，都以为是外敌入侵，纷纷率大军前来解救。等他们匆忙赶到的时候才发现原来是天子在戏弄他们，诸侯们感到像是被人扇了一记响亮的耳光，窝着一肚子火却又无可奈何，只好垂头丧气地回去了。褒姒看到这番场景，不由得大笑起来，而周幽王也终于达成心愿，看到了美人的笑容。

周幽王干的这件荒唐事儿，历史上称之为"烽火戏诸侯"。但是历史又和周幽王开了一个玩笑，没过多久，北方蛮族犬戎大举进犯。周天子慌忙命人燃起烽火，向诸侯求救。诸侯们看到冲天的烽烟，心里就想："肯定是天子又在戏弄我们！"于是，没有一个诸侯领兵来勤王，周天子也就亡了国，自己也命丧于犬戎的乱刀之下。

美人没有错，都是昏君惹的祸。周幽王为博千金一笑，亲手断送了千里江山。褒姒也因这一段令人唏嘘的历史，成为"红颜祸水"的代名词，后人甚至由此专门发明了一个成语"倾国倾城"来形容那些历史上有名的美人。

云想衣裳花想容，春风拂槛露华浓。

若非群玉山头见，会向瑶台月下逢。

——李白《清平调》

北方有佳人，绝世而独立。

一顾倾人城，再顾倾人国。

宁不知倾城与倾国，佳人难再得。

——李延年《李延年歌》

扬州慢

姜夔

淳熙丙申[1]至日[2]，予过维扬。夜雪初霁，荠麦弥望。入其城，则四顾萧条，寒水自碧，暮色渐起，戍角悲吟。予怀怆然，感慨今昔，因自度此曲。千岩老人[3]以为有黍离之悲也。

淮左[4]名都，竹西[5]佳处，解鞍少驻初程。过春风十里[6]，尽荠麦青青。自胡马窥江[7]去后，废池乔木，犹厌言兵。渐黄昏，清角吹寒，都在空城。

杜郎[8]俊赏，算而今、重到须惊。纵豆蔻词工，青楼梦[9]好，难赋深情。二十四桥[10]仍在，波心荡、冷月无声。念桥边红药[11]，年年知为谁生？

[1] 淳熙丙申：宋孝宗淳熙三年（公元 1176 年）。

[2] 至日：冬至日。

[3] 千岩老人：南宋诗人肖德藻，字东夫，自号千岩老人。姜夔
曾跟他学诗，又是他的侄女婿。

[4] 淮左：宋在苏北和江淮设淮南东路和淮南西路，淮南东路又
称淮左。

[5] 竹西：扬州城东一亭名，景色清幽。

[6] 春风十里：借指昔日扬州的最繁华处。杜牧《赠别二首》："娉
娉袅袅十三余，豆蔻梢头二月初。春风十里扬州路，卷上珠
帘总不如。"这首诗也就是下阕的"豆蔻词"。

[7] 胡马窥江：公元 1129 年和公元 1161 年，金兵两次南下，扬州
都遭惨重破坏。这首词作于公元 1176 年。

[8] 杜郎：唐朝诗人杜牧，他以在扬州诗酒轻狂著称。

[9] 青楼梦：杜牧《遣怀》："十年一觉扬州梦，赢得青楼薄幸名。"

[10] 二十四桥：在扬州西郊，传说有二十四位美人吹箫于此。杜
牧有诗云："二十四桥明月夜，玉人何处教吹箫。"

[11] 桥边红药：二十四桥又名红药桥，因桥边生红芍药得名。

译文

淳熙丙申至日，我路过扬州。夜雪初停，荠麦长得无边无际。进城之后，我所见到的是一片萧条的景象，寒冷的江水一碧千里，暮色渐渐拢来，戍楼中传来了黄昏的号角。我不由得悲从中来，生出无限的感慨，自创了这首词曲。千岩老人认为我这首词有《黍离》之悲。

扬州是淮左著名的都会，这里有风景秀丽的竹西亭。我在此停留下来。走过从前繁华热闹的扬州路，现如今满眼都是青青的荠麦。自从扬州惨遭金兵渡江南侵之后，就连废弃的城池和疮痍的老树，都厌倦了再提起战争二字。渐渐地到了黄昏，哨兵吹响凄清的号角，一切荒芜的景致都在默默诉说着这座空城的凄凉。

曾到这里游赏的杜牧，假如今天旧地重游的话，肯定也会惊讶于它的变化。纵有豆蔻芳华的精妙词采，纵有歌咏青楼一梦的绝妙才能，恐怕也难以在此情景下书写当日的深情。二十四桥还在，波心中荡漾着冷月的光影，无声无息。可叹那桥边的芍药，这姹紫嫣红的花儿年年又为谁开放？

忆碎南国风流貌

这首《扬州慢》写于宋孝宗淳熙三年（公元1176年）冬至日，词前的小序对写作时间、地点及写作动因均做了交代。姜夔因路过扬州，目睹了兵燹后的萧条景象，抚今追昔，发为吟咏，悲叹今日的荒凉，追忆往昔的繁华，以寄托对扬州昔日繁华的怀念和对今日山河破碎的哀思。

词人到达扬州的时候，是在金主完颜亮南侵十五年之后，当时词人也只有二十几岁。这首震古烁今的名篇一出，就被他的叔岳萧德藻（即千岩老人）称有"黍离之悲"（《诗经·王风·黍离》篇写的是周平王东迁之后，故宫尽毁，长满禾黍的凄凉场景，诗人见到后，悼念故园，不忍离去）。

这首词充分体现了词人"含蓄"和"句中有余味，篇中有余意"（《白石道人诗说》）的词学主张，也是历代词人抒发"黍离之悲"而富有余味的罕有佳作之一。词中"解鞍少驻"的扬州，位于淮水之南，是历史上令人神往的"名都"，"竹西佳处"是化用杜牧《题扬州禅智寺》中的"谁知竹西路，歌吹是扬州"。竹西，是一处亭子的名字，位于扬州东蜀岗上禅智寺前。竹西路上风景幽谧如画，一路通向歌舞繁华的扬州，但是经过金兵铁蹄的蹂躏之后，如今是满目疮痍。接着词人以点概面，先选取了两个尤其典型的场景："过春风十里，尽荠麦青青"以及满城的"废池乔木"。"荠麦青青"使人联想到古代诗人反复咏叹的"彼黍离离"的诗句，同时，"青青"二字点染出一种独特的凄艳色彩，注入青山故国之情；然后词人复以"废池"表现扬州所遭到的蹂躏之深，以"乔木"寄托凄凉的故园之恋。眼前的荒凉之景引发词人的厌战之情，只是词人别开生面，一句"犹厌言兵"移情于景，委婉地传达出自己因战乱而消沉低落的情绪。清人陈廷焯特别欣赏这段描写，他评道："写兵燹后情景逼真。'犹厌言兵'四字，包括无限伤乱语，他人累千百言，亦无此韵味。"（《白雨斋词话》卷二）在这里，词人使用了拟人化的手法，连"废池乔木"都厌倦了金人发动的这场不义战争，物犹如此，何况于人！

上阕的结尾三句"渐黄昏，清角吹寒，都在空城"，由写所见转而写所闻，气氛渲染得也更加浓烈。当日落黄昏之时，悠然而起的是清角之声，打破了黄昏的沉寂，这是用角声来衬托寂静，更加增添了几分萧瑟之感。"清角吹寒"四字，"寒"字用得很妙，寒意本来是天气给人的触觉感受，但是词人不言天寒，而说"吹寒"，把角声的凄清与天气的寒冷联系在一起，把产生寒的自然方面的原因抽去，突出人为的感情色彩，似乎是角声把寒意吹散在这座空城里。以情写景，景中有情。"都在空城"虽然只有四个字，但是蕴含的内容是极为丰富的。耳边听到清角的悲吟，眼前又见"荠麦青青"与"废池乔木"，这一切交织在一起，在空间上统一于扬州这座"空城"里，"都在"二字，使一切景物都联系在了一起。随后又着一个"空"字，化景物为情思，把景中情与情中景融为一体，既写出了词人面对这一座空城的怅然与无奈，又写出了词人对宋王朝不思恢复，竟然把这一座名都亲手断送的痛恨之情。

词的下阕以昔日"杜郎俊赏""豆蔻词工""青楼梦好"的繁华之景，反衬今日风流云散、物是人非的惨淡环境；以昔时"二十四桥明月夜"（杜牧《寄扬州韩绰判官》）的华彩乐章，反衬今日"波心荡、冷月无声"的静默与凄凉。这里写杜牧的情事，其主要目的并不在于评论和怀念杜牧，而是想通过"化实为虚"的手法，点明这样一种"情思"：杜牧的赏评能力自是一流，可即使是他——有作出"豆蔻"之词的才华，吟出过"青楼梦好"的千古名句——面对着此情此景，也无法写出昔日的款款深情。词人在此借"杜郎"典故，形象地烘托出这场浩劫的破坏之大、影响之深。

二十四桥仍在，明月夜也日复一日地到来，但是"玉人吹箫"的风月繁华已经不复存在了。接下来一句"波心荡、冷月无声"，以巧妙的艺术构思设计了一个精细的特写镜头。短短一句，却可从中品出两层用意。首先，词人用桥下"波心荡"的动，来映衬"冷月无声"的静，以动写静，更显悲凉；其次，"波心荡"是俯视之景，"冷月无声"本来是仰观之景，但是映入水中，又成为俯视之景，明月水波，互为映衬，毫无斧凿痕迹，好一个浑然天成的艺术境界。从这个画境中，我们似乎可以看到词人低首沉吟的形象。最后一句"桥边红药"横出一笔，词人对着"红药"展开跨越时空的联想，花儿开得再美，眼下这连年战乱，谁又有心情欣赏呢？我们不妨再问一句：花开为何无人问津？词人的那一声扣问中恐怕也别有深意——皆因人人心中充满对连年战争的厌倦，以及不知两国烽烟何时能休的迷茫。

总体而言，这首词造境用词均空灵含蓄，往往一句话能够营造多重意蕴，且善于化用前人的诗境入词，用虚拟的手法，使全词一波未平，一波又起，余音缭绕，韵味不尽。细数种种技法与典故，足见词人姜夔独特的艺术天赋与深厚的才学功底。

十年一觉扬州梦

扬州自古就是繁华之地、富贵之乡，其经济的繁荣也为文化艺术的发展创造了条件。初唐诗人张若虚就是扬州人，和贺知章、包融、张旭并称"吴中四士"。他的代表作《春江花月夜》堪称千古绝作，被近代学者闻一多先生冠以"孤篇压全唐"的盛名。

扬州也是一个久负盛名的地方，千百年来，骚人墨客、文艺作家们为它写下了多少瑰丽绚烂的篇章，描绘了多少动人的故事。或书作诗文，或谱成词曲，或披以管弦，曳上青毡。唐诗、宋词、元曲和明清小说戏剧中，随处可以看到有关扬州的作品。这些文学佳作千古流传，八方传唱，扬州也因此闻名遐迩、妇孺皆知。

唐代文人描写扬州的作品很多，其中流传最广、影响最深的就是唐诗：

江横渡阔烟波晚，潮过金陵落叶秋。嘹唳塞鸿经楚泽，浅深红树见扬州。夜桥灯火连星汉，水郭帆樯近斗牛。今日市朝风俗变，不须开口问迷楼。（李绅《宿扬州》）

广陵实佳丽，隋季此为京。八方称辐凑，五达如砥平。大旆映空色，笳箫发连营。层台出重霄，金碧摩颢清。（权德舆《广陵诗》）

以上是写扬州的繁华并寄感慨的。

夜市千灯照碧云，高楼红袖客纷纷。如今不似时平日，犹自笙歌彻晓闻。（王建《夜看扬州市》）

霜落寒空月上楼，月中歌吹满扬州。相看醉舞倡楼月，不觉隋家陵树秋。（陈羽《广陵秋夜对月即事》）

十里长街市井连，月明桥上看神仙。人生只合扬州死，禅智山光好墓田。（张祜《纵游淮南》）

以上是描写扬州的纸醉金迷都市生活的。据《唐阙史》记载：“扬州，胜地也，每重城（重城在郡内）向夕，倡楼之上，常有绛纱灯万数，辉耀罗列空中。九里三十步街中，珠翠填咽，邈若仙境。”

菊芳沙渚残花少，柳过秋风坠叶疏。堤绕门津喧井市，

120

路交村陌混樵渔。（李绅《入扬州郭》）

江北烟光里，淮南胜事多。市廛持烛入，邻里漾船过。有地惟栽竹，无家不养鹅。春风荡城郭，满耳是笙歌。（姚合《扬州春词三首·其三》）

青山隐隐水迢迢，秋尽江南草未凋。二十四桥明月夜，玉人何处教吹箫？（杜牧《寄扬州韩绰判官》）

天下三分明月夜，二分无赖是扬州。（徐凝《忆扬州》）

以上多是描写扬州城的秀美风光，这些诗差不多是每个文人都熟读不忘的。大诗人李白，在扬州不到一年，花费钱币三十余万，留下一段风流豪放的佳话。他的一首"故人西辞黄鹤楼，烟花三月下扬州。孤帆远影碧空尽，惟见长江天际流"，也唤起无数人对扬州的向往。

十里长街，八方通达。帆樯如林，灯火烛天。扬州的确是繁盛美丽的，水郭江村，绿杨红树，连郊外都是满耳笙歌，就连月亮好像也比别处的皎洁，这固然是诗人们夸张的手法，但这样的夸张也离不开扬州美不胜收的客观现实。同时，扬州也是朴实的，扬州的百姓也是勤劳的。阡陌纵横，渔樵错杂，处处栽竹，家家养鹅，这是广大百姓的本色，也是经济繁荣的基础。

欧阳修曾在平山堂招伎侑酒，传花行令，一时被人们称羡为"风流太守"。他在《答通判吕太博》一诗中写道："千顷芙蕖盖水平，扬州太守旧多情。画盆围处花光合，红袖传来酒令行。"

苏东坡的扬州游赏词"山与歌眉敛，波同醉眼流。游人都上十三楼。不羡竹西歌吹、古扬州"，千古以来也颇受词人击节称赏。

元代战后，扬州迅速恢复繁荣，其秀美的风情不断引文人骚客为之赋诗。吴师道的《扬州》一诗中这样写道："画鼓清箫佶客舟，朱竿翠幔酒家楼。城西高屋如鳞起，依旧淮南第一州。"元代戏曲家乔孟符创作的杂剧《扬州梦》以扬州为背景叙写了杜牧与张好好的一段爱情故事。值得一提的是，剧中主人公虽是唐代诗人杜牧，但对故事发生之地扬州的描写多为元时实况。

明代大戏曲家汤显祖所作的昆曲《牡丹亭还魂记》是举世闻名的杰作，其中的《游园惊梦》等折至今还被搬上舞台不时上演。其中《第二十三出·冥判》（幺篇）"……则这水玻璃，堆起望乡台，可哨见纸铜钱，夜市扬州界"就提到了扬州的夜市。而《第三十一出·缮备》（番卜算）"边海一边江，隔不绝胡尘涨。维扬新筑两城墙，酾酒临江上"、（前腔）"三千客两行，百二关重壮，维扬风景世无双，直上层楼望"中，虽写的是宋代故事，却借明代扬州的胜景为背景。

明代张岱《陶庵梦忆》中的《扬州清明》也是一篇状景的佳作。清明时节，面对着扬州满城的轻车骏马、箫鼓画船，石公一挥而就，如展画图："余所见者，惟西湖春、秦淮夏、虎丘秋，差足比拟。然彼皆团簇一块，如画家横披；此独鱼贯雁比，舒长且三十里焉，则画家之手卷矣。"

清代戏曲家孔尚任所作名剧《桃花扇》第十八出《争位》中有这么一段描写："领着一枝兵，和他三家傲，似垒卵泰山压倒。你占住繁华廿四桥，竹西明月夜吹箫；他也想隋堤柳下安营巢，不教你蓄鼍观独夸琼花少。谁不羡扬州鹤背飘，妒杀你腰缠十万好，怕明月杀声咽断广陵涛。"本段主旨在于揭露明末一班将领不顾大局，结党营私的嘴脸，然而于主旨之外，也侧面点出一个事实——扬州竟繁华妖娆到了引人舍命争夺的地步。

乾隆年间一度繁荣，扬州兴造园林，文人墨客纷纷作诗文歌咏扬州，一时间云霞蒸蔚、作手如林，《扬州画舫录》便集各路名家作于扬州的游记杂文于一书。谢溶生为其所作的序中"增假山而作陇，家家住青翠城闉；开止水以为渠，处处是烟波楼阁"两句高度概括了扬州的园林美景，既清幽，又华丽，显示了扬州美丽的风光、特有的风格。

闻说到扬州，吹箫有旧游。

人来多不见，莫是上迷楼。

——贾岛《寻人不遇》

落魄江湖载酒行，楚腰纤细掌中轻。

十年一觉扬州梦，赢得青楼薄幸名。

——杜牧《遣怀》

画鼓清箫估客舟，朱竿翠幔酒家楼。

城西高屋如鳞起，依旧淮南第一州。

——吴师道《扬州》

唐多令

刘过

安远楼小集，侑觞歌板之姬黄其姓者，乞词于龙洲道人[一]，为赋此《唐多令》。同柳阜之、刘去非、石民瞻、周嘉仲、陈孟参、孟容。时八月五日也。

芦叶满汀洲。寒沙带浅流。二十年、重过南楼[二]。柳下系船犹未稳，能几日、又中秋。

黄鹤断矶[三]头。故人今在否？旧江山、浑是[四]新愁。欲买桂花同载酒，终不似、少年游。

125

[1] 龙洲道人：刘过自号。

[2] 南楼：指安远楼。

[3] 黄鹤断矶：黄鹤矶，在武昌城西，上有黄鹤楼。

[4] 浑是：全是。

我同一帮友人在安远楼聚会，酒席上一位姓黄的歌女请我作一首词，我便当场创作这篇《唐多令》。在场者有柳阜之、刘去非、石民瞻、周嘉仲、陈孟参、孟容。这一天为八月五日。

芦苇的枯叶落满沙洲，浅浅的寒水在沙滩上无声无息地流过。二十年光阴似箭，如今我又重新登上这旧地南楼。柳树下的小舟尚未系稳，我就匆匆忙忙赶回故地，因为过不了几日就是中秋。

这早已破烂不堪的黄鹤矶头，我的老朋友来过与否？我满目是苍凉的旧江山，又平添了无尽的绵绵新愁。想要买上桂花，带着美酒水上泛舟逍遥一番，却终究不似少年时出游那般快乐无忧。

镜里白发念青丝

这是一首被后人誉为"小令中之工品"的名作。那么"工"在哪里？先看内容，这首词是词人写秋日重登二十年前旧游地武昌南楼的所见所思。在表面流连山水风光、美酒佳酿的安逸之下，我们可以明显感到词人隐藏在字里行间的失意与哀愁。这深深的哀愁，如布满汀洲的芦叶，如带浅流的寒沙，不可胜数也无可排遣。面对大江东去、黄鹤断矶，词人竟无豪情可抒，只余满腹新愁。实在是令人唏嘘。

袁宏道谓："大抵物真则贵，真则我面不能同君面，而况古人之面貌乎？"读此《唐多令》应该补充一句："真则我面不能同我面。"初读谁相信这是大声镗鞳的豪放派词人刘过之作？王国维《人间词话》说："能写真景物、真感情者，谓之有境界。"《唐多令》情真、景真、事真、意真，于艺术世界中写出又一个令人刮目相看的刘改之，此小令之"工"，首在这新境

128

界的创造上。

再看描写，论者多说此词暗寓家国之愁。这又如何见得？请看，此词从头到尾在描写缺憾和不满足："白云千载空悠悠"的黄鹤矶头，所见只是芦叶汀洲、寒沙浅流，滔滔大江不是未见得，无奈与心境不合；柳下系舟未稳，中秋将到未到；黄鹤矶断，故人不见；江山未改，尽是新愁；欲纵情声色诗酒，已无少年豪兴。当时的武昌正是抗金前线，了解这一历史背景，对词中外松内紧和异常沉郁的气氛应当更能有所体会。恢复无望，国家将亡的巨大恐慌弥漫华林，不祥的浓云压城城欲摧。伫立灰冷色调的武昌蛇山之巅，望野抒怀，真使人肝肠寸断，不寒而栗。

韩昌黎云："欢愉之辞难工，穷苦之音易好。"其实，忧郁之情，达之深而近真亦属不易。傅庚生先生曾言，如果过于外露倾泻，泪竭声嘶，反属不美，故词写悲剧亦不可不含蓄。此《唐多令》，于含蓄中有深致，于虚处见真事、真意、真景、真情。情之深犹水之深，长江大河，水深难测，万里奔流，转无声息。"问君能有几多愁？恰似一江春水向东流。"愁境入情，江流心底。

自是花中第一流

自古以来，人们都把桂花看成富贵吉祥、子孙昌盛的象征，桂花酿制的酒自然也备受人们喜爱。而关于桂花的由来，民间还流传着一个动人的传说。

传说两英山下住着一位卖山葡萄酒的寡妇，为人善良豪爽，因她酿的酒口味甘甜，人们尊称她"仙酒娘子"。

一个冬日清晨，仙酒娘子发现自家门前躺着一个衣不蔽体、骨瘦如柴的乞丐。仙酒娘子伸手探向他的鼻口，感觉还有点气息，就把他背到了家里。先给他灌了碗热汤，又让他喝了半碗酒。那乞丐渐渐苏醒过来，连忙向她道谢："多谢娘子救命之恩，你看我全身瘫痪，行动不便，能不能多收留我几日？不然我出去不是冻死，就是饿死了。"仙酒娘子有些为难，俗话说"寡妇门前是非多"，若是留他住在家中，别人一定会说闲话的。但看他实在可怜，心软的仙酒娘子还是同意留他住几日。

没过多时，关于仙酒娘子的议论果然多了起来，大家渐渐疏远了她，买酒的人也越来越少，仙酒娘子的生活日趋艰难，但她还是尽心地照顾着乞丐。再到后来，已经没人来买酒了，仙酒娘子的生活无法维系，乞丐深感过意不去就偷偷地走了。仙酒娘子放心不下出门去寻他，在半路遇到一个挑柴的老头。老头正吃力地走着，忽然，他摔倒在地，柴也全部撒了，仙酒娘子急忙上前。只见老人气息微弱，嘴里喊着"水，水……"可是这前不着村后不着店的哪有水？仙酒娘子情急之下咬破了自己的手指，正要把血滴进老人嘴里，老人忽然不见了。紧接着吹来一阵微风，一个黄布袋随风落在仙酒娘子的手中。袋中有许多小黄纸包，仙酒娘子打开一看，包中是桂花树的种子。布袋上还有一张黄纸条，上面写着：

月宫赐桂子，奖赏善人家。

福高桂树碧，寿高满树花。

采花酿桂酒，先送爹和妈。

吴刚助善者，降灾奸诈滑。

仙酒娘子这才明白过来，原来那两个人都是吴刚变的。这事传开后，远近人家又都来买仙酒娘子的酒了。仙酒娘子还用这些种子种出来的桂花酿成了桂花酒。美酒佳酿，香气扑鼻，深受人们喜爱。后来仙酒娘子又把桂花的种子分给大家，善良的人埋下种子，很快长出桂树，树上开满桂花，清风吹过，满院香甜；心术不正的人种下桂花，种子却不发芽，使他们感到难堪，从此洗心革面，一心向善。

从此以后，世间就有了象征富贵吉祥、可以分辨善恶的桂花。

暗淡轻黄体性柔，情疏迹远只香留。何须浅碧深红色，自是花中第一流。

梅定妒，菊应羞，画阑开处冠中秋。骚人可煞无情思，何事当年不见收。

——李清照《鹧鸪天·桂花》

安知南山桂，绿叶垂芳根。

清阴亦可托，何惜树君园。

——李白《咏桂》

青门饮·寄宠人

时彦

胡马嘶风，汉旗[1]翻雪，彤云[2]又吐，一竿残照。古木连空，乱山无数，行尽暮沙衰草。星斗横幽馆，夜无眠、灯花空老[3]。雾浓香鸭[4]，冰凝泪烛，霜天难晓。

长记小妆[5]才了。一杯未尽，离怀多少。醉里秋波[6]，梦中朝雨，都是醒时烦恼。料有牵情处，忍思量、耳边曾道。甚时跃马归来，认得迎门轻笑。

133

[1] 汉旗：代指宋朝的旗帜。

[2] 彤云：本义指红云。一说为晚霞，一说为风雪前密布的浓云。

[3] 老：残。

[4] 香鸭：鸭形的香炉。

[5] 小妆：犹淡妆。

[6] 秋波：形容美人秀目顾盼如秋水澄波。

塞北的骏马迎着烈风嘶鸣，大宋的旗帜在雪花里上下翻飞，黄昏时分天边又吐出一片红艳的晚霞，夕阳从地平线上投来残照。苍老的枯林连接着天空，无数的山峦重叠耸峭，暮色中走遍漫漫平沙，处处皆是衰草。幽静的馆舍上空星斗横斜，无眠的夜实在难熬，灯芯凝结出残花，相思只是徒劳。鸭形的熏炉里香雾浓郁缭绕，蜡烛淌泪像冰水凝晶，夜色沉沉总难见霜天破晓。

　　总记得才淡淡梳妆过，离别宴上的杯酒尚未饮尽，已引得离情翻涌如潮。醉里的秋波顾盼，梦中的幽欢蜜爱，醒来时都是烦恼。算来更是牵惹情怀处，怎忍细思量她附在耳边的情话悄悄："什么时候才能跃马归来，认一认我迎门时的轻柔欢笑！"

小妆长记当年好

　　此词为词人远役怀人之作。词的上阕纯写境界，描绘词人旅途所历北国风光；下阕展示回忆，突出离别一幕，着力刻绘伊人形象。

　　上阕开始几句，词人将亲身经历的边地旅途情景，用概括而简练的字句再现出来。"胡马"两句，写风雪交加。在呼啸的北风声中，夹杂着胡马的长嘶，真是"胡马依北风"，使人意识到这里已离边境不远；抬头而望，"汉旗"——宋朝的大旗——却正随着纷飞的雪花上下翻舞，车马就在风雪之中行进。"彤云"两句，写气候变化多端。正行进间，风雪逐渐停息，西天晚霞似火，夕阳即将西沉（"一竿残照"形容残日离地平线很近）。借着夕阳余晕，只见一片广阔荒寒的景象，老树枯枝纵横，山峦错杂堆叠，行行重行行，暮色沉沉，唯有近处的平沙衰草，尚可辨认。"星斗"以下，写投宿以后的夜间情景。从凝望室外星斗横斜的夜空，到静听室内灯芯燃烧、聚结似花的声音，更有鸭形熏炉不断散放香雾，桌上蜡烛凝泪成冰，种种意象都是用来衬托长夜漫漫，词人沉浸在思念之中，一晚上都难以入睡的相思之情。

下阕用生活化的语言和委婉曲折的笔触勾勒出那位"宠人"的形象。离情别意，本来是词中经常出现的内容，而且以直接描写为多，词人却另辟蹊径，以"宠人"的各种神态来曲折地表达不忍分离的心情。

"长记"三句，写别离前夕，她浅施粉黛、装束淡雅，在饯别宴上想借酒浇愁，却是稍饮即醉。"醉里"三句，写她醉后秋波频盼，酣畅入梦；梦里柔情似水，然而却只能增添醒后面对离别的烦恼，真可谓"举杯消愁愁更愁"了。下阕刻画美人的惜别之态，用的都是白描手法，语言近似口语，显得活泼生动，而人物的内心活动却又在这寥寥数笔之下暗流涌动。结尾四句，词人继续回想别时难舍难分的情况，其中最牵惹他思情的，就是她上前附耳小语的神态。这里没有用直抒胸臆的写法，而是绕开一笔，以对方望归的迫切心理和重逢之时的喜悦心情作结。耳语的内容是问他何时能跃马归来，好认得她出来迎接时愉悦的笑容。词人进一步展开一幅重逢之时的欢乐场面，并以充满着期待和喜悦的心情总收全篇。

这首词写境悲凉，抒情深挚，语言疏密相间，密处凝练生动，疏处形象真切。词中写景、写事笔墨甚多，直接言情之处甚少，将抒情融入叙写景事之中，以细腻深婉的情思深深地感染读者。

万里西风瀚海沙

中国的历史是丰盈的，有驼队踩出的丝绸古道，有蜿蜒于群山的万里长城，有大小数百条运河，尤其是在唐朝，国富兵强，包罗万象，天国之风。于是，统治者开疆拓土，燃起千里烽燧，铸下兵刃无数……然而，到了中晚唐时期，大唐帝国却逐渐四分五裂，国运岌岌可危。

然而，在这期间，有一群诗人提起笔来为历史记录着边塞的风起云涌。有怀揣着报国热情描写边塞英雄的，如李白的《从军行》中"百战沙场碎铁衣，城南已合数重围。突营射杀呼延将，独领残兵千骑归"；有借陈述边关战事讽刺当权者穷兵黩武的，如杜甫《前出塞》中"杀人亦有限，列国自有疆。苟能制侵陵，岂在多杀伤"；也有勾勒塞上奇异风光的，如杜甫《后出塞》中"落日照大旗，马鸣风萧萧"，又如岑参《走马川行奉送封大夫出师西征》中"君不见走马川行雪海边，平沙莽莽黄入天";刻画边塞日常的叙事诗也不少,像严武的《军城早秋》中"昨夜秋风入汉关,朔云边月满西山。更催飞将追骄房,莫遣沙场匹马还";而表现征戍生活的艰险与将士思乡的哀怨的诗词更是不计其数。

然而,即使是一些风格豪迈的诗篇,也难免夹杂凄苦之感、悲凉之情。塞外那天宽地阔的雄奇风光,想来应是一幅人欢马叫的图景,现实却使人总想到那鏖战之苦。

诗歌是一种艺术,是美的,然而在我们欣赏这些有关边塞的美句佳篇之时,便会不由得想到那个亘古不息的话题——战争!那惨烈,那悲绝,痛彻心扉!然而,为了利益,历朝历代,战火从未熄灭:大秦的铁骑踏遍中国,大汉的雄兵燕然勒功,大唐的军队南征北战,大宋的边防溃不成军……后世更是如此。在中国战争史上,我国国境内有记载的清朝以前的大小战乱接近四千次。而战争总数超过六千次。每一次战争最后终将演变为流民遍地、哀鸿遍野的局面,难怪乎千年前张养浩途径潼关,面对着残宫古道,不由得悲从中来,发出一声"兴,百姓苦;亡,百姓苦"的喟叹。

边塞诗是以塞上风光与生活为题材的诗。它与军旅、战争题材的诗作虽有联系却又不可同日而语。

边塞诗的源头,可以追溯到先秦时期——《诗经》中的边塞诗作品内容就相当丰富了。边塞诗在唐代发展到了顶峰,总数近两千首,达到了从前各代边塞诗数量的总和,艺术技法也达到登峰造极的地步。在唐代，那些诗史留名的诗人大多写过边塞诗，技法纯熟，风格多样，异彩纷呈。边塞诗中的千古名篇多出于盛唐，因为盛唐的边塞诗往往更具有鲜明的时代色彩，突出表现为独特的阳刚之美，字里行间流淌着昂扬奔放的盛唐气象，读来令人感到一股积极向上的生命力。

其实，边塞诗是随着我国疆域形态的变迁而逐渐走向繁荣的。

东汉以后，战争频繁，反映征人思妇、边关战争的诗作渐渐多了起来，如陈琳的《饮马长城窟行》、曹丕的《燕歌行》、鲍照的《代出自蓟北门行》……这些乐府诗均以边塞为题材；又如蔡琰（文姬）的《胡笳十八拍》《悲愤诗》，以及后世徐陵的《关山月》、王褒的《渡河北》、庾信的《咏怀》诗中的部分作品，也都为边塞诗史留下了不朽的篇章。

隋代历史短暂，诗歌数量不多，也无一流的大家，但其对外战争几乎从未间断过，故边塞诗特别发达。卢思道的《从军行》、明余庆的《从军行》、何妥的《入塞》、杨广的《饮马长城窟行》《白马篇》《纪辽东》、杨素的《出塞二首》、薛道衡的《出塞二首》、王胄的《白马篇》《纪辽东二首》、虞世基的《出塞二首》……不仅均以边塞活动为题材，而且创作水准极高，出现了多位诗人同题唱和的盛况。显然，这为盛唐边塞诗的繁荣及边塞诗派的出现奠定了基础。

唐帝国的统一最终结束了中原自东汉末年以来四百多年的

战乱与纷争，国家的疆域大大拓展，与周边国家的关系也出现崭新的局面。初唐时，高祖李渊不得不经常赔款以贿赂当时最大的外部威胁——东突厥。尽管如此，东突厥人仍屡犯太原及京城长安，高祖甚至考虑迁都。后来，唐王朝与周边外族政权先后发生过多次战争，如与吐蕃、东西突厥、奚、契丹的多次战争，这些战争自然成了唐代边塞诗所反映的对象。许多诗人或从军戍边、参与军幕，或去边塞（如幽蓟一带）旅行，将边塞生活的切身体验写入诗中；也有诗人只是依据道听途说或间接资料，或只是翻阅乐府旧题，以所思所感歌咏边塞生活。然而无论是通过何种途径，最后都使唐代边塞诗的创作呈现出万紫千红的繁荣局面。

唐代边塞诗在一些由隋入唐的诗人及初唐诗人的笔下便已较多出现。"初唐四杰"中的骆宾王有过数度从军的经历，咸亨年间还从军塞上，从而写下较多反映军旅生活的边塞诗，如《边庭落日》《从军行》《早秋出塞寄东台详正学士》《在军中赠先还知己》《从军中行路难二首》《宿温城望军营》《在军登城楼》《晚度天山有怀京邑》《夕次蒲类津》《送郑少府入辽共赋侠客远从戎》……诗中不仅写到边塞风光，也写到从军将士生活的艰辛和不安定，如"云疑上苑叶，雪似御沟花""落雁低秋塞，惊凫起暝湾""风旗翻翼影，霜剑转龙文""阴山苦雾埋高垒，交河孤月照连营""弓弦抱汉月，马足践胡尘""阵去金河冷，书归玉塞寒"……此外，他还在诗中抒发了自己杀敌报国、建功立业的抱负以及思乡怀归的感伤。其笔触所及，已大致能涵盖盛唐边塞诗鼎盛时期的多数领域，题材开阔，而且格调高亢。与此同时，初唐的其他著名诗人如杨炯、沈佺期、陈子昂、郭元振、李峤、崔融、杜审言等均留下了风格各异的边塞诗佳作。杨炯向往边塞的军旅生活，希望立功边塞、报效国家，便作《从军行》一诗："烽火照西京，心中自不平。牙璋辞凤阙，铁骑绕龙城。雪暗凋旗画，风多杂鼓声。宁为百夫长，胜作一书生。"杜审言的《旅寓安南》则把殊方的气候、物产写得新颖别致："交趾殊风候，寒迟暖复催。仲冬山果熟，正月野花开。积雨生昏雾，轻霜下震雷。故乡逾万里，客思倍从来。"一些未必到过边塞的诗人也都纷纷仿效写作边塞诗，一时蔚然成风。

青海长云暗雪山，孤城遥望玉门关。

黄沙百战穿金甲，不破楼兰终不还。

——王昌龄《从军行》

月黑雁飞高，单于夜遁逃。

欲将轻骑逐，大雪满弓刀。

——卢纶《塞下曲》

雁落平沙，烟笼寒水，古垒鸣笳声断。

青山隐隐，败叶萧萧，天际暝鸦零乱。

楼上黄昏，片帆千里归程，年华将晚。

望碧云空暮，佳人何处？梦魂俱远。

——蔡伸《苏武慢》

第四辑

流
云
断

苏幕遮·怀旧

范仲淹

碧云天，黄叶地。秋色连波，波上寒烟翠。山映斜阳天接水。芳草无情，更在斜阳外。

黯乡魂[1]，追[2]旅思[3]。夜夜除非，好梦留人睡。明月楼高休独倚。酒入愁肠，化作相思泪。

[1] 黯乡魂：化用江淹《别赋》"黯然销魂"语。黯，黯然失色，指精神受到强烈的刺激而感到消沉悲切。

[2] 追：追随，可引申为纠缠。

[3] 旅思：羁旅之思，即在外作客的惆怅。"思"，意念。"黯乡魂"与"追旅思"是下阕的中心，是同一心绪的两种表现：怀乡思亲，令人心魂不安；伤别念远，令人忧思怅惘。"黯乡魂"，是遥对故里的思念；"追旅思"，是有家难回的忧愁。

白云满天，黄叶遍地。秋天的景色倒映在江上的碧波之中，水波之上笼罩着一层淡淡的寒烟，更显出一片苍翠。远山沐浴着夕阳，天空连接着江水。芳草似乎是无情的，而思绪则早已飘到夕阳之外。

　　身处他乡黯然感伤，旅居异地的愁思时时席卷心头，每天夜里只有美梦才能伴人入睡。当明月朗照高楼的时候千万不要独自倚栏而坐。本想用酒来洗涤愁肠，可是却都化作了相思的眼泪。

聒碎乡心梦不成

　　乡思、乡愁是诗人笔下永不过时的主题，因为远离故乡和亲人自然会引起绵延不尽的思念。异地生活的不适、风俗习惯的差异、旅途中的舟车劳顿，都为诗人思乡的情绪提供了最好的发酵环境。即使如范仲淹这样"不以物喜，不以己悲""先天下之忧而忧，后天下之乐而乐"的伟大人物，在羁旅途中也难免会生发出无限的感慨。

　　秋天到来的时候，天高云淡，碧空澄澈，落叶枯黄，萎积满地，寒凉浸透了河水，水面腾起一层薄雾。满山的黄叶映衬着夕阳，倒映在河水之中；已经干枯的野草，一直绵延到遥远的天边。完全是一幅肃杀悲凉的塞外深秋图。"斜阳"与"秋色"相映，暑去寒来、生气渐弱，最容易唤起人们的愁肠；"芳草"本来是没有感情的，但是稀疏的野草点缀在荒原上，却令人产生无限的依恋。面对满眼的萋萋芳草，词人的思绪比芳草更加纷乱，满腹的愁情也随遍地芳草一直蔓延至斜阳之外的遥远地方。词人伫立远视，内心不禁发出一声声扣问：芳草的尽头是否就是他魂牵梦萦的家乡？野草渐渐枯萎，明年还会变绿，而岁月不断流逝，人又什么时候能重返少年？下一次春草萌发的时候，在外征战的人是否还能够看得见如此春光呢？诗人巧妙地将天、地、山、水通过斜阳、芳草组合在一起，景物从目之所及的地方一直延伸到天涯之外。短短三句的景物描写烘托出如此哀怜的氛围，其根源便在于一个"情"字。李贺有诗云"天若有情天亦老"，其实永恒的自然界未必有情，只不过茫茫众生有各自的悲欢。王国维言"以我之眼观物，故物皆着我之色彩"，正是如此，"斜阳芳草"才能唤起历代羁旅之人的浮想与哀愁。

下阕中，词人紧承上句"更在斜阳外"，展开了一连串的心灵独白：塞上的秋景如此凄凉，乡思更加缠绵，心情也黯然无光，回忆起故旧和亲人，想一想未知的明天，漫漫长夜难以入眠，只要一合上眼睛，便会梦见与家人团聚的场面。夜半时分大梦方醒，更加感到格外地凄凉和痛苦。算了吧，算了吧，任它月色溶溶，还是不要登高纵目，观赏月色了吧；不如借酒消愁，来排遣这漫长孤寂的秋夜。只是借酒消愁愁更愁，醉意撩拨着心中的离愁，竟化作相思之泪夺眶而出。词的最后一句"酒入愁肠，化作相思泪"，抒情深挚，构思巧妙，表达自然。写到这里，郁积的乡思旅愁在外物触发下发展到了高潮，游子

148

的秋思意绪也表现得淋漓尽致。

这首《苏幕遮·怀旧》，是范仲淹的名作。他当时被朝廷委派出任陕西经略安抚招讨副使，主持防御西夏的军事，率军镇守在边关的防务前线。当秋寒肃杀之际，他不禁思念起家乡的亲人，于是就有了这首借秋景来抒发怀抱的千古绝唱。

一点秋霜万古愁

秋天是一个百花凋零、众芳摇落的季节。自古以来，文人骚客便独爱提笔点染秋日萧瑟、凄凉和悲哀的景，悲秋的诗也因此层出不穷。在文学上，悲秋话题已然成为某种具有隐喻、象征意义的诗歌母题。在此语境之下，秋天象征着一种繁华的消逝，并预示着一个更加残酷的未来，这与中国古代知识分子普遍而深刻的失落心态有着某种自然的契合。

古典文学中的某些传统题材很能反映这种精神上的继承性。伤春悲秋是古典文学中表现得最多也最丰富的主题。而与伤春比起来，文人似乎更偏爱悲秋。宋玉《九辩》中的一句"悲哉，秋之为气也！萧瑟兮草木摇落而变衰"开悲秋之先河，使秋日这一意象在文人诗萌芽阶段就烙上了深深的情感烙印——即特有的忧患和失落情绪。不仅如此，纵观悲秋之诗的发展，不难发现，其在艺术上也呈现出惊人的早熟。而且这种艺术上的早熟似乎并没有对后世文人的创作构成压力，他们不厌其烦地心摹手追，冒着蹈袭的危险一遍遍地抒写着宋玉式的悲凉。这种靡然风从的现象反映了中国古代知识分子一种共有的心态。

失落感是一个非常宽泛的概念，在不同的时代、不同的人身上触发这种失落感的契机是不同的。汉末文人在"回风动地起，秋草萋已绿"的萧瑟中哀叹岁月的流逝；唐代大诗人杜甫在"清秋幕府井梧寒，独宿江城蜡炬残。永夜角声悲自语，中天月色好谁看"的秋夜里，感到"乾坤含疮痍，忧虞何时毕""不眠忧战伐，无力正乾坤"的深重负疚感；生性逍遥的苏东坡在秋夜的赤壁之下，在"山高月小，水落石出"的空明中，也感受到无法排遣的孤独；更有多少心怀报国之志的英雄，在这个沙场点兵的时刻，因壮志难酬而抚剑沉吟……凡此种种，都可以归结为一种理想与现实无法调和的深层矛盾。

汉代以后，知识分子都或多或少、或自觉或不自觉地接受过儒家文化的熏陶。虽然儒学具有强烈的入世色彩，但是作为一种思想体系，在残酷现实的映照下，仍然不失为一种温文尔雅，甚至是带有学者式天真的哲学思想。后世将儒家思想奉为圭臬，但是在实践中，知与行难免会由于客观条件的干扰发生背离。而中国古代的知识分子，他们对于人生理想的热烈追求几乎全部是建立在儒家的信条之上的，他们的人生哲学总与现实不相协调，失落感也往往因此而生。他们常常是一厢情愿地替人欢乐替人愁，因而也就难免会被对方的冷淡弄得不知所措。理想的失落触发了他们对许多事物的怀疑和伤感，而这种伤感又会渗透到诸多细节中。悲秋情绪尽管有点剪不断、理还乱，但追本溯源，总可以归结到上述这种理想面对现实时的失落。

从历史的角度看，悲秋情结虽然在一定程度上是词人生活的时代与个人经历的统一，但它从根本上看还是人的自然性与对象世界的自然性相互作用的结果。具体地说，往往就是一个处于秋季的独特主体与处于秋季的诸多客观存在之间的感应，是天人合一的感性表现。

人有悲，人可以咏其悲；历史的盛衰兴亡不断循环也有悲。悲是人的基本情感之一，秋是自然界的基本季节之一，亡是历史循环的基本阶段之一，三者在功能上是有交集的、互感的。人之所以能伤情、诉情、融情于历史的兴亡和自然的春秋，在于天人合一的文化基础和文化理念。秋与人生、历史的有机统一，使古代文人坎坷不遇的命运与自然、历史、社会交织在一起。古人以秋为悲的思维定式，不仅以建功立业作为实现生命价值的重要内容，而且包含着忧时患世的责任意识。悲秋文学中的生命意识既具有"人生一世，草木一秋"的生命觉悟，亦满含"惟草木之零落兮，恐美人之迟暮"般对人生短暂的慨叹。

秋天作为一种文学意象似乎也更适合传达道家的自然之旨和禅理中的空谈意境。它刊落五彩，洗尽铅华，作为一种哲学象征进入文学的表现领域，成为特定的精神载体。秋，丰收的季节，萧瑟的季节，也是给予文人最多灵感、寄寓文人最多感情的季节。

  未觉池塘春草梦，阶前梧叶已秋声。

——朱熹《偶成》

  今逢四海为家日，故垒萧萧芦获秋。

——刘禹锡《西塞山怀古》

  桂花浮玉，正月满天街，夜凉如洗。

——文徵明《念奴娇·中秋对月》

卜算子·咏梅

陆　游

驿[1]外断桥边，寂寞开无主。

已是黄昏独自愁，更著[2]风和雨。

无意苦争春，一任[3]群芳妒。

零落成泥碾[4]作尘，只有香如故。

[1] 驿：驿站。

[2] 更著：又加上。

[3] 一任：任凭，不在乎。

[4] 碾：轧碎。

译文

驿站外的断桥边，一株梅花悄然开放，寂寞孤独。已是黄昏时刻，它只能独自忧愁，饱饮风雨之苦。

它选择开在百花竞放之前，只是天性使然而非执意争夺春光。因而它任凭着群芳心生嫉妒。即使花瓣零落凋谢，飘入大地，化为尘土，它却依然清香如故。

如许清香满乾坤

　　南宋著名诗人陆游一生酷爱梅花，写有大量歌咏梅花的诗词，歌颂梅花傲霜雪、凌寒风，不畏强暴、不羡富贵的高贵品格。陆游词中所塑造的梅花形象，有他本人的影子，正如他在《梅花绝句》里写道："何方可化身千亿，一树梅花一放翁。"这首《卜算子·咏梅》，整首词写意大于写实，明写梅花，暗写怀抱，重在突出梅花坚贞的品格与傲人的风骨。词以"咏梅"为主题，然而词人却不仅仅满足于从欣赏者的角度对梅花夸赞一通了事，而是以梅花自喻，透过诗词表露自己的一腔真情。

　　陆游曾经称赞梅花"雪虐风饕愈凛然，花中气节最高坚"（《落梅》）。梅花如此清幽绝俗，出于众花之上，可是如今竟开在郊野的驿站外，破败不堪的"断桥"边，这里人迹罕至、寂寥荒寒，梅花备受冷落也就不足为奇了。随着四季的更替，它默默地开放，又默默地凋落。它孑然一身，茫然四顾——有谁会在意它呢？"寂寞开无主"这一句，词人将自我的哀怜倾注在梅花身上，首句是景语，这句已是情语了。

黄昏日落，暮色苍茫，这绽于郊外、无人问津的梅花，何以能够承受这凄凉呢？它只有"愁"——而且是"独自愁"，这与上句的"寂寞"相呼应。驿外断桥、暮色、黄昏，本已寂寞愁苦不堪，却又更添凄风冷雨，孤苦之情也就更深一层。"更著"二字力重千钧，前三句似是已将梅花困苦的处境描写殆尽，但第四句"更著风和雨"犹如一记重锤将前面的"极限"打得粉碎。这种愁苦仿佛无人能够承受，至此，感情的渲染已达到高潮。然而尽管环境如此冷峻，它还是迎寒而开了。上阕四句，都是在描写梅花处境的恶劣，第二句着一"开"字而境界全出，仿佛将重重风雨一并抛开，梅花倔强、顽强的面目也于此中水落石出、不言自明。

下阕"无意苦争春，一任群芳妒"两句，写春天百花齐放，争奇斗艳，而梅花却无意争春。凌寒先发，只是天性使然。梅花并非急于炫耀姿色，即使"群芳"有嫉妒的心思，那也是它们自己的事情，就让它们去嫉妒吧。在这里，写物与写人，完全交织在了一起。草木枯荣、花开花落本是客观规律，在词人的笔下，这些自然现象却与人事纠纷暗合，词人满含深情地抒发自己遗世独立的怀抱，同时也对那些苟且偷生者的无耻行径进行了揭露和抨击。这两句表现出陆游孤高的性格，决不与争宠邀媚、阿谀逢迎之徒为伍的品格和不畏谗毁、坚贞自守的傲骨。

最后两句，把梅花的格调又向上抬了一层。"零落成泥碾作尘"一句在声韵上婉转曲折，短短七个字中有四次顿挫，将凄凉之意渲染到极致；在内容上又紧承上阕梅花寂寞无主、黄昏日落、风雨交侵的凄惨境遇，写梅花不堪雨骤风狂的摧残，纷纷凋落了。落花委地，与泥水混杂，难以分辨何者是花，何者是泥。但是陆游这一笔绝不是单写梅花的惨遇，徒作煽情的把戏，这些仍然只是铺垫，是蓄势，是为了把下句的词意推上最高峰；"只有香如故"——即使梅花凋落了，被践踏成泥土了，被碾成尘灰了，但它依然清香如故，仍然不屈服于寂寞无主、风雨交侵的处境，只是尽自己所能地生长，一丝一毫也不会改变。

骚人搁笔费评章

古往今来，咏花的诗词歌赋中以梅为题者最多，或者是赞叹梅花风韵独胜，或者是赞叹梅花神形俱清，或者是赞叹梅花标格秀雅。南北朝陆凯在其《赠范晔》一诗中，以梅花作为传达友情的信物，别具一格："折花逢驿使，寄与陇头人。江南无所有，聊赠一枝春。"唐人的咏梅诗，除了写闺怨、传友情、寄托身世之外，出现了虽以模拟物象为主，却暗含美好意蕴的佳作。咏梅的作品到了宋代以后，借梅传友情、抒闺怨的逐渐减少，而写梅花姿态之美、赞梅花标格之贞的则日渐增多。

在历朝历代的咏梅作品中，成就以宋代为首。爱梅，是宋人独有的风尚。在这种特定的文化氛围中，宋人为后世留下了不少植梅、赏梅、画梅、写梅的趣闻佳话。众所周知的有那位卜居西湖的林和靖先生，他的"疏影横斜水清浅，暗香浮动月黄昏"一出，北宋诗坛为之倾倒，成了遗响千古的梅花绝唱，以至于"疏影""暗香"二词还成了后人填写咏梅词的词牌名。南宋诗人王十朋甚至断言:"暗香和月入佳句,压尽千古无诗才。"何以反响如此之大呢?盖因以"疏影""暗香"写梅,形神兼备,曲尽梅之风姿;又以水、月陪衬,更能凸显梅花孤高自守、不趋时附势的高贵品格。"何方可化身千亿,一树梅花一放翁。"陆游的这句名诗,可视作宋人爱梅心态的生动写照。在这股强大的咏梅热潮推动下,宋代的诗人词客大多有数首梅花诗词存世。如陈亮有梅词九首,苏轼有梅诗五十余首,更有甚者如那位堪称"咏梅专业户"的张道洽,一生写梅诗三百多首,且"篇有意,句有韵"(元代诗人方回赞语),被传为咏梅史上的佳话。据载,南宋初有个叫黄大舆的,搜集诸咏家梅词四百多阕,辑为《梅苑》词集,可见当时文人咏梅风气之盛。而建炎以后,词家填写的梅词就更多了。

咏家蜂起,名流加盟,诗词并茂,量多质好,可以视为两宋咏梅热中的一大亮点。从更深的层次看,一种时代风尚的形成,总是有其社会根源的。唐代人喜欢牡丹,而宋代人则偏爱梅花,看似只是时尚的差异,折射出来的却是唐宋两代的国情差异。盛唐时期的中国,经济繁荣,文化昌盛,国富民安,因此象征着华美富贵的牡丹便走进了人们的审美视野,从而催生出"唯有牡丹真国色,花开时节动京城"(刘禹锡《赏牡丹》)的盛况来。与唐代相比,宋代是一个积贫积弱的王朝,开国伊始就处在外强的凌辱之下,南迁以后更是江河日下,风雨飘摇。

于是，长期生活在内忧外患的环境中，内心敏感脆弱的文化人，便对坚贞不屈、孤傲自洁的梅花产生了深深的钦佩感，把它视为抒怀咏志的最佳对象。如果说生活在南宋中前期的陆游、陈亮、辛弃疾等人，他们以梅花的标格来比拟自己，意在表现抗金图存的爱国之志的话，那么到了南宋末年在宋亡已成定局的情势下，很多正直文人的咏梅之作，则是在向外界传达他们学习梅花洁身自好，宁可当亡宋遗民也不愿意委身事元的悲苦无奈的心态。正因为有这样动荡变化的社会背景，宋代文人才与梅花结下了千古不解之缘。

　　我家洗砚池头树，朵朵花开淡墨痕。

　　不要人夸颜色好，只留清气满乾坤。

——王冕《墨梅》

　　墙角数枝梅，凌寒独自开。

　　遥知不是雪，为有暗香来。

——王安石《梅花》

双双燕·咏燕

史达祖

过春社[1]了，度[2]帘幕中间，去年尘冷[3]。差池[4]欲住，试入旧巢相并。还相[5]雕梁藻井[6]，又软语商量不定。飘然快拂花梢，翠尾分开红影[7]。

芳径[8]，芹泥[9]雨润，爱贴地争飞，竞夸轻俊。红楼归晚，看足柳昏花暝。应自栖香正稳[10]，便忘了天涯芳信[11]。愁损翠黛[12]双蛾[13]，日日画阑独凭。

162

[1] 春社：春分前后祭社神的日子。

[2] 度：飞过。

[3] 尘冷：指旧巢冷落，布满尘灰。

[4] 差（cī）池：燕子飞行时尾翼舒张的样子。

[5] 相：细看。

[6] 藻井：天花板。

[7] 红影：指花影。

[8] 芳径：花草芬芳的小径。

[9] 芹泥：水边的泥土，因长有芹草而得名。

[10] "应自"句：该当睡得香甜安稳。自：一作"是"。

[11] 天涯芳信：指出外的人给家中妻子的信。

[12] 翠黛：画眉所用的青绿之色。

[13] 双蛾：双眉。

译文

　　春社已经过了，燕子上下穿飞在楼阁的帘幕中间，屋梁上落满了旧年的灰尘，冷冷清清。双燕的尾巴轻轻扇动，欲飞又止，试着要钻进旧巢双栖并宿。回头望向雕梁和藻井，似乎想在那里做窝，只见这对燕子软语呢喃地商量着，暂且还未拿定主意。忽而，它们飘飘然轻快地掠过花梢，如同剪刀一样的翠尾分开了丛间的花影。

　　小径间芳香弥漫，春雨滋润的芹泥又柔又软。燕子喜欢贴地争飞，显示自身的灵巧轻便。飞回红楼时天色已晚，一日便赏尽杨柳缠绵、百花绽放的春色。在新巢中相依相偎睡得香甜，以致都忘了把天涯游子的书信传递。使得留守家中的佳人终日愁眉不展，天天独自凭着栏杆望眼欲穿。

飘然快拂花弄影

这首《双双燕·咏燕》，生动地描绘出了燕子的模样，神形兼备；在咏燕中又融入闺怨之情，是宋代咏物词的名篇之一。

此词题名咏燕，通篇不见"燕"字而又句句不离写燕，尽态极妍，神形毕肖。"过春社了"，"春社"在春分前后，正是春暖花开的季节，相传燕子这时候由南方北归，词人只点明节候，让读者自然联想到燕子归来了。此处妙在这一笔犹抱琵琶的暗示，富于朦胧的美感，既节省了笔墨，又使诗意含蓄蕴藉，充分调动起读者的想象力。"度帘幕中间"，进一步暗示燕子的回归。"去年尘冷"一出，我们想必也都已明白，这首词要写的正是旧燕重归的场面：在大自然一派美好的春光里，北归的燕子飞入旧家帘幕，红楼华屋、雕梁藻井依旧，不同的则是空屋无人，满目尘灰，使生性快活的燕子都感到有些冷落凄清。

"差池欲住"四句，写双燕想住而又犹豫的情景。由于燕子离开旧巢有些日子了，"去年尘冷"，发现眼前光景较之去年好像有些变化，所以要先在帘幕之间"穿"来"度"去，仔细看一看似曾相识的环境。燕子毕竟恋旧巢，于是"差池欲住，试入旧巢相并"。因"欲住"而"试入"，犹豫未决，所以还把"雕梁藻井"仔细审视一番，又"软语商量不定"。小小情事，写得细腻而曲折，像是小两口居家度日，颇有情趣。沈际飞评这几句词说："'欲'字、'试'字、'还'字、'又'字入妙。"（《草堂诗余新集》）妙就妙在这四个虚字一层又一层地把双燕的心理感情变化栩栩如生地传达出来。

人们常用燕子双宿双飞比喻夫妻，这种描写是很切合燕侣的特点的。果然，"商量"的结果是，这对燕侣决定在这里定居下来了。于是，它们"飘然快拂花梢，翠尾分开红影"，在美好的春光中开始了繁忙紧张又快活的新生活。"芳径，芹泥雨润"，紫燕常用芹泥来筑巢，正因为这里风调雨顺，芹泥也特别湿润，真是安家立业的好地方啊！燕子落成新家，双双从天空中直冲下来，贴近地面飞着，你追我赶，好像比赛着谁飞得更轻盈漂亮。

"红楼归晚，看足柳昏花暝"，春光多美，而它们的生活又多么快乐、自由、美满。傍晚归来，双宿双栖，其乐无穷。可是，这一高兴啊，"便忘了天涯芳信"。在双燕回归前，一位天涯游子曾托它俩给家人捎一封书信回来，它们全给忘记了！这天外飞来的一笔，出人意料。随着这一转折，便出现了红楼思妇倚栏眺望的画面:"愁损翠黛双蛾,日日画阑独凭。"由于双燕的疏忽害得等待书信的人愁损盼望。

这结尾的两句,似乎离开了通篇所咏的燕子,转而去写红楼思妇了。看似离题,其实不然,这正是词人匠心独运之处。试想词人为什么花了那么多的笔墨描写燕子徘徊旧巢,欲住还休?对燕子来说,是有感于"去年尘冷"的新变化,实际上这是暗示人去楼空、深闺寂寥的人事变化,只是一直没有道破。到了最后,将意思推开一层,融入闺情更有余韵。

再回过头看全词,更可感受词人的巧思:用双燕形影不离的美满生活,暗暗与思妇"画阑独凭"的寂寞生活相对照;又极写双燕尽情游赏大自然的美好风光,暗暗与思妇"愁损翠黛双蛾"的命运相对照。这种写法,打破了宋词以写人为主的常规,而以写燕为主,写人为宾,给人以耳目一新之感。读者自会从为燕的幸福想到为人的苦涩,不过词人有意留给读者自己去体会罢了。这种写法,多一层曲折而饶有韵味,因而能更含蓄、更深沉地反映人生,可谓别出心裁。

一首咏物词写得如此生动而有思致,实在是难得的佳作。所以王士禛在《花草蒙拾》中说:"仆每读史邦卿'咏燕'词,以为咏物至此,人巧极天工错矣。"

双燕归来细雨中

燕属候鸟，随季节变化而迁徙，喜欢成双成对，常出入于人家屋内或屋檐下。因此为古人所青睐，经常出现在古诗词中，或惜春伤秋，或渲染离愁，或寄托相思，或感伤时事，意象之盛，表情之丰，非其他物类所能及。

古代文学作品中刻画燕子的习性不外乎三种目的：首先是表现春光的美好，传达惜春之情。相传燕子于春天社日北来，秋天社日南归，因此很多诗人都把它当作春天的象征加以美化和歌颂，如"冥冥花正开，飏飏燕新乳"（韦应物《长安遇冯著》），"燕子来时新社，梨花落后清明"（晏殊《破阵子·春景》），"莺莺燕燕春春，花花柳柳真真，事事风风韵韵"（乔吉《天净沙·即事》），"鸟啼芳树丫，燕衔黄柳花"（张可久《凭栏人·暮春即事》）。南宋词人史达祖更是咏燕名家，在《双双燕·咏燕》中写道："还相雕梁藻井，又软语商量不定。飘然快拂花梢，翠尾分开红影。"极妍尽态，形神俱备。春天明媚灿烂，燕子娇小可爱，加上文人的多愁善感，春天逝去，诗人自然也会生出无限伤感，因此欧阳修有"笙歌散尽游人去，始觉春空。垂下帘栊，双燕归来细雨中"（《采桑子·群芳过后西湖好》）的慨叹，乔吉有"燕藏春衔向谁家？莺老羞寻伴，蜂寒懒报衙（采蜜），啼煞饥鸦"（《水仙子·暮春即事》）的凄惶。

其次是文人借燕子习性表现爱情的美好，传达思念情人的心情。燕子素来雌雄颉颃，因此成为爱情的象征，"思为双飞燕，衔泥巢君屋"（《燕赵多佳人》），"燕尔新婚，如兄如弟"（《诗经·邶风·谷风》），"燕燕于飞，差池其羽，之子于归，远送于野"（《诗经·邶风·燕燕》）。正是因为燕子的这种成双成对，才引起了有情人寄情于燕、渴望比翼双飞的想法，才有了"暗牖悬蛛网，空梁落燕泥"（薛道衡《昔昔盐》）的空闺寂寞，有了"落花人独立，微雨燕双飞"（晏几道《临江仙·梦后楼台高锁》）的落寞伤感，有了"罗幕轻寒，燕子双飞去"（晏殊《蝶恋花·槛菊愁烟兰泣露》）的孤苦凄冷，有了"月儿初上鹅黄柳，燕子先归翡翠楼"（周德清《喜春来·月儿初上鹅黄柳》）的失意冷落，有了"花开望远行，玉减伤春事。东风草堂飞燕子"（张可久《清江引·春晚》）的留恋企盼。凡此种种，不一而足。

最后一种描写燕子习性的目的是为了表现时事变迁，抒发昔盛今衰、人事代谢、亡国破家的感慨和悲愤。燕子秋去春回，不忘旧巢，诗人抓住了这个特点，尽情点染物是人非之感，最著名的当属刘禹锡的《乌衣巷》："朱雀桥边野草花，乌衣巷口夕阳斜。旧时王谢堂前燕，飞入寻常百姓家。"另外还有晏殊的"无可奈何花落去，似曾相识燕归来。小园香径独徘徊"（《浣溪沙·一曲新词酒一杯》），李好古的"燕子归来愁不语，旧巢无觅处"（《谒金门·花过雨》），姜夔的"燕雁无心，太湖西畔随云去。数峰清苦。商略黄昏雨"（《点绛唇·丁未冬过吴松作》），张炎的"当年燕子知何处？但苔深韦曲，草暗斜川"（《高阳台·西湖春感》），文天祥的"山河风景元无异，城郭人民半已非。满地芦花和我老，旧家燕子傍谁飞"（《金陵驿》）。燕子南来北往，见证了时事的变迁、山河的破碎，在一代代文人笔下多被寄托黍离之悲，负载可谓重矣。

除却习性之外，燕子的功能也常被提炼出来融于词句。古人往往借其代人传书之功能，幽诉离情之苦。唐代任宗离家行贾湖中，数年不归，其妻郭绍兰作诗系于燕足。时任宗在荆州，燕忽泊其肩，见足系书，解视之，乃妻所寄，感泣而归。其《寄夫》诗云："我婿去重湖，临窗泣血书。殷勤凭燕翼，寄与薄情夫。"谁说"梁间燕子太无情"（曹雪芹《红楼梦》），正是因为燕子的有情才促成了此次夫妻相会。郭绍兰是幸运的，一些不幸的妇人借燕传书，却是石沉大海，音信皆无，如"伤情燕足留红线，恼人鸾影闲团扇"（张可久《塞鸿秋·春情》），

"泪眼倚楼频独语，双燕来时，陌上相逢否"（冯延巳《鹊踏枝·几日行云何处去》），其悲情之苦，思情之切，让人为之动容，继而潸然泪下。

燕子还时常被文人拿来表现羁旅情愁，状写漂泊流浪之苦。"整体、直觉、取象比类是汉民族的主导思维方式"（张岱年《中国思维偏向》），花鸟虫鱼，无一不入文人之笔，飞禽走兽，莫不显诗人才情。雁啼悲秋、猿鸣沾裳、鱼传尺素、蝉寄高远，燕子的栖息不定留给了诗人丰富的想象空间：或漂泊流浪，"年年，如社燕，飘流瀚海，来寄修椽"（周邦彦《满庭芳·夏日溧水无想山作》）；或相见又别，"有如社燕与秋鸿，相逢未稳还相送"（苏轼《送陈睦知潭州》）。燕子凭借它独特的习性与功能，以及与人类生活的频繁互动，从世间万物中脱颖而出，成为中华民族传统文化的象征，融入每一个炎黄子孙的血液中。

双飞燕子几时回，夹岸桃花蘸水开。

——徐俯《春游湖》

几处早莺争暖树，谁家新燕啄春泥。

——白居易《钱塘湖春行》

苏武慢

蔡 伸

雁落平沙，烟笼寒水[一]，古垒鸣笳声断。

青山隐隐，败叶萧萧，天际暝鸦零乱。楼

上黄昏，片帆千里归程，年华将晚。望碧

云空暮，佳人何处？梦魂俱远。

忆旧游、邃馆[二]朱扉，小园香径，尚

想桃花人面[三]。书盈锦轴[四]，恨满金徽[五]，

难写寸心幽怨。两地离愁，一尊芳酒凄凉，

危阑倚遍。尽迟留，凭仗西风，吹干泪眼。

注释

[1] 烟笼寒水：杜牧《泊秦淮》诗："烟笼寒水月笼沙。"

[2] 邃馆：深院。

[3] 桃花人面：用唐诗人崔护《题都城南庄》诗中"人面不知何处去，桃花依旧笑春风"句意。

[4] 书盈锦轴：化用苏蕙织锦回文诗典故。南北朝有位才女，名为苏蕙，擅作诗文。她的丈夫窦涛因得罪苻坚被流放西北，苏蕙思念丈夫，数年间洋洋洒洒写下百余首情诗。她将这些诗反复修改，使这些诗组成回文诗，后用五彩线把回文诗织在锦缎上寄给丈夫，成为一时佳话。

[5] 金徽：金饰的琴徽。徽，系弦之绳。此处代指琴。

译文

　　大雁落在平坦的沙滩，寒江上烟雾一片，幽咽的胡笳声戛然而止，只余古城的壁垒静默伫立。青山朦胧，落叶萧萧，暮色苍茫的天边盘旋着几只昏鸦。黄昏下，站在楼头，眼看见一片片船帆从千里之外归来，青春年华都在这日复一日的等待中消耗殆尽。碧云扰扰天际浩荡，我心爱的人如今在何方？思念到极致时，梦里都觉得两人的魂魄天各一方、难复相见。

　　回忆我们过去一同优游的时光，我还记得那幽深的庭院、朱红的门扉、花间的小路，我还时刻回想你与桃花两相照映的美丽面容。纵使把这相思绣满绢帛，将这幽怨注入琴弦，也无法表达出内心千万分之一的伤感。分隔两地的离愁，衬得掌中的一樽美酒如此凄凉，我倚着栏杆，在高楼上久久徘徊不去，任凭那无情的秋风，将我一双泪眼吹干。

寒月悲笳过九州

　　蔡伸的一首《苏武慢》写羁旅伤别，从荒秋暮景写起。前三句说的是雁阵掠过，飞落沙滩；秋水生寒，江雾弥漫。古垒上，胡笳悲鸣，渐渐地，连这呜咽之声也沉寂了。蔡伸词中不说"鸣笳声起"，而说"鸣笳声断"，试想漫天迷雾，雾里重重破败的壁垒只看得出大概轮廓，草木尽凋，一声声如泣如诉的笳声戛然而止，这死一般的沉寂几乎要把人逼得窒息！开端数句，便为全词定下了凄绝、哀绝的基调。从"古垒鸣笳"中，我们可以明显嗅出一丝不寻常的硝烟之气，这为下文抒写离殇提供了特殊背景，同时也更进一步增添悲怆的气息。接着，面对着一程程荒凉的山水，词人进一步在词中注入他迷茫怅惘的心情。"青山隐隐，败叶萧萧，天际暝鸦零乱"：山色有无，暗示着归途遥远，这句词化用杜牧的"青山隐隐水迢迢"一句；黄叶萧萧，恰如片片愁绪积落于胸，难以排解，与末句"凭仗

175

西风，吹干泪眼"前后呼应；天际茫茫，寒鸦归晚，影影绰绰，
衬得情绪更加纷乱不定。以上数句皆是在描写萧瑟的秋景，同
时又夹杂几分客况凄凉、乡思暗生之意，读来令人顿生萧瑟寂
寥之感。至"楼上黄昏"四字，主人公缓缓出现在画面中，我
们不禁恍然大悟——原来前面所写的整个秋日暮景都是主人公
眼中的景象。"黄昏"美而短暂，难免给人一种青春凋落、无
可挽回的伤逝之感，也就是所谓"断送一生憔悴，只销几个黄
昏！"（赵令畤《清平乐》）。而这时映入眼帘的，偏偏又是"片
帆千里归程"之景。从落雁、昏鸦写到归舟，思归的主旨更加
明显了。时值暮秋，"年华将晚"，人们都驾舟离开了这荒凉的
地方。而自己呢，至今欲归未得。前有"青山隐隐"开出一片
天高地远的词境，"片帆千里归程"承此句使全词境界更为之
一阔，牵引着人的思绪往更远方处去。此句还有值得细品之处，
试把"片帆"之小与"千里"之遥对比，则更显示出远行人所
处之荒远与其思归之心切。"年华将晚"，则又进一步加深了思
归的紧迫感。"望碧云空暮，佳人何处？梦魂俱远"三句，化
用江淹的"日暮碧云合，佳人殊未来"（《休上人怨别》），融合
无间，犹如灭去针线痕迹，有妙手偶得之感。《九歌·湘夫人》
中写道"与佳期兮夕张"，傍晚，应该是有情人相会之时，然
而，暮云已合，伊人何在？"梦魂俱远"，更透过一层，使人
感到，关隘山峦阻隔，云水迢迢，即使是在梦中也难相会，这
就把思归的主题进一步具体化了。下阕转入对"旧游"的回忆。

"邃馆朱扉""小园香径""桃花人面"，这是脑海中浮现的几个难忘的特写镜头，其中弥漫着温馨的气氛，也暗含着对方的身份和词人生活的往事。春光美好，桃花明亮，人面生辉，那记忆中的美好时光，与眼前秋风败叶、古垒哀笳的萧索环境，形成了鲜明的对比。失去的，才越发觉得可贵，尤其是在孤独苦闷之时。自己已觉十分孤寂难耐，更何况对方一个久别后的弱女子呢？下文紧接"尚想桃花人面"，句断意不断，从对方着笔，写女方对自己的思念。"锦轴""金徽""寸心幽怨"，这纤细笔触，皆从女方着笔。"锦轴"，化用苏蕙回文诗典故。"金徽"，以琴面标志音位的徽代指琴。这锦中字、琴中音，总道不出别恨。而"寸心"虽小，其中幽怨竟非盈轴之书与满琴之恨所能言尽，相思之苦足以见证。下文拉回到眼前，书、琴皆难排解忧愁，那么这"两地离愁"，只有用"一尊芳酒"去解。然而离愁何其重，樽酒何其轻，岂能解得？二者对比，形成反衬的效果，更显出离愁之深。在"举杯消愁愁更愁"之时，词人只有丢下酒杯，无限凄凉地独倚危栏，徘徊楼头。归也不能归，住又无处住。愁肠百转，不禁潸然泪下。"凭仗西风，吹干泪眼"八字，酸楚至极。"吹干泪眼"，足见独立之久；"凭仗西风"，只因为无人慰藉，只有西风为之拭泪。辛弃疾尚且还有"红巾翠袖，揾英雄泪！"（《水龙吟·登建康赏心亭》）。而他则是自家流泪自家拭，甚至连自己也不想去拭，一直等到被猎猎西风吹干。

此词抒情真切，铺叙委婉，颇有柳词风味。且开头就与柳词"登孤垒荒凉，危亭旷望，静临烟渚"（《竹马子·登孤垒荒凉》）遥相呼应。全词情感由凄凉转为缠绵、悲婉，紧接着又转入悲怆，以变徵之音收结，记录下那个纷乱时代的痕迹，这一点又与柳词有异。结尾处未经人道，独辟蹊径，可谓"伤心人别有怀抱"，顿使全词生色。唯朱敦儒句"试倩悲风吹泪，过扬州"（《相见欢·金陵城上西楼》），仿佛有相似之处。

半生徒转枉凝眉

　　蔡文姬名琰，字文姬，又字明姬，她的父亲是东汉大名鼎鼎的大儒蔡邕。蔡邕就是蔡伯喈，明初剧作家高明作有传奇《琵琶记》，讲的是蔡伯喈中状元后，不认发妻赵五娘，另娶丞相之女的故事。这其实是后人的杜撰，东汉时男子以"举孝廉"入仕，根本没有状元一说，蔡邕另娶丞相之女这回事也就是无稽之谈了。对此南宋陆游曾感叹说："死后是非谁管得，满村听说蔡中郎。"（《小舟游近村舍舟步归》）

　　蔡邕不可能中状元，但他的才学在当时是举世公认的。汉灵帝时，他校书东观，发现经籍多有谬误，于是为之订正并镌刻在石碑上，立于太学门外，当时的后生学子都依此石经校正经书，每日观览摹写的络绎不绝。这些石碑在洛阳大火中受到损坏，经过一千八百多年，洛阳郊区的农民在犁田时掘得几块刻有字迹的石块。经人鉴定，石上的字迹就是蔡邕的手书，称

"熹平石经"，现在珍藏在历史博物馆中。

蔡邕是大文学家，也是大书法家，梁武帝称赞他："蔡邕书，骨气洞达，爽爽如有神力。"当代史学家范文澜称："两汉写字艺术，到蔡邕写石经达到最高境界。"他的字整饬而不刻板，静穆而有生气。除《熹平石经》外，据传《曹娥碑》也是他写的，章法自然，笔力劲健，结字跌宕有致，无求妍美之意，而具古朴天真之趣。

此外，蔡邕还精于天文数理，妙解音律，俨然是当时洛阳的文坛领袖，像杨赐、王粲、马日磾，以及后来文武兼备、雄镇北方的曹操都经常出入蔡府，向蔡邕请教。

蔡文姬出生在这样的家庭，自小耳濡目染，既博学能文，又善诗赋，兼长辩才与音律。她在父亲的疼爱与庇护之下逐渐出落成一代才女，可惜时局的变化，打破了她安稳的人生。

东汉政府的腐败，终于导致了黄巾军大起义，以豪强地主为代表的地方势力迅速扩大。大将军何进被以十常侍为首的宦官集团害死后，董卓进军洛阳尽诛十常侍，把持朝政。东汉政权才出虎口又入狼穴，董卓贪得无厌，早已心怀二心，视天下为囊中之物。为巩固自己的统治，他刻意笼络名满京华的蔡邕，一日连升蔡邕三级，三日周历三台，拜中郎将，后来甚至还封其为高阳乡侯。董卓在朝中倒行逆施，招致各地方势力的联合讨伐。后来董卓火烧洛阳，迁都长安，第二年即被吕布所杀。蔡邕也被收付廷尉治罪，蔡邕请求黥首刖足，以完成汉史，士大夫也多矜惜而救他，马日磾更说："伯喈旷世逸才，诛之乃失人望乎？"虽然如此，但终免不了一死，徒然给人留下许多议论的话题，有人说他"文同三闾，孝齐参骞"，即在才学方面把他比作屈原，在孝德方面把他比作曾参和闵子骞，当然讲他坏话的也不少。

董卓死后，他的部将又攻占长安，拉开了军阀混战的序幕。羌胡番兵乘机掳掠中原一带，在"平土人脆弱，来兵皆胡羌。猎野围城邑，所向悉破亡。斩截无孑遗，尸骸相撑拒。马边悬男头，马后载妇女。长驱西入关，迴路险且阻"的混乱背景下，蔡文姬与许多被掳来的妇女，一齐被带到南匈奴。

这心境是可以想象的，当初细君与解忧嫁给乌孙国王，王昭君嫁给呼韩邪，起码是风风光光的，但由于是远嫁异域，也不免产生出无限的凄凉，何况蔡文姬还是被掳掠的呢？饱受番兵的凌辱和鞭笞，一步一步走向渺茫不可知的未来，这年她二十三岁，这一去就是十二年。

在这十二年中，她嫁给了虎背熊腰的匈奴左贤王，饱尝了异族异乡异俗生活的痛苦。她也为左贤王生下两个儿子，大的叫阿迪拐，小的叫阿眉拐。她还学会了吹奏"胡笳"，学会了一些异族的语言。

在这十二年中，曹操也从无名之辈渐成一代枭雄，官渡之战后，他基本扫平北方群雄，把汉献帝从长安迎到许昌，后来又将都城迁回到洛阳。曹操当上宰相，挟天子以令诸侯。这时，风光无限的曹操想起了少年时代的老师蔡邕对他的教导，当他得知恩师的女儿当年在战乱中被掳到了南匈奴时，他立即派周近做使者，携带黄金千两、白璧一双，去把她赎回来。

蔡文姬被掳走多年，身心无疑是痛苦的，但如今真的要结束这十二年膻肉酪浆的生活，离开对自己恩爱有加的左贤王和两个天真无邪的儿子，她一时间也说不清是悲是喜，只觉得柔肠寸断，泪如雨下，在汉使的催促下，她在恍惚中登车而去，在车轮辚辚的转动中，十二年的生活，点点滴滴涌上心头，作下了千古名作《胡笳十八拍》。

胡笳是中国古代吹孔气鸣乐器。汉时流行于塞北和西域，是汉魏鼓吹乐中的主要乐器。据文献记载，其最初的形制是将芦叶卷起来吹奏，后来把芦苇制成哨，装在木制无按孔的管子上吹奏，即宋人陈旸《乐书》中的大胡笳、小胡笳。还有用羊角制作管身的。清代《皇朝礼器图式》中载胡笳的形制为："木管三孔，两端加角，末翘而上，口哆（张口）。"

南匈奴人在蔡文姬去后，每当月明之夜都会卷芦叶而吹，模拟蔡文姬《胡笳十八拍》的音调。中原人士也以胡琴和筝来弹奏《胡笳十八拍》，据传中原的这种风尚还是从她最后一个丈夫董祀开始的。

蔡女昔造胡笳声，一弹一十有八拍。

胡人落泪沾边草，汉使断肠对归客。

唐朝人李颀由她的遭遇发出如上感慨。

蔡文姬在周近的护卫下回到故乡陈留郡，但断壁残垣，已无栖身之所，在曹操的安排下，蔡文姬嫁给了屯田都尉董祀，这年她三十五岁。坎坷的命运似乎紧跟着这个可怜的孤女。就在她婚后的第二年，她的新任丈夫董祀犯了死罪，她顾不得嫌隙，蓬首跣足地来到曹操的丞相府为丈夫求情。

曹操正在大宴宾客，公卿大夫，各路驿使欢聚一堂，曹操听说蔡文姬求见，对在座的说："蔡伯喈之女在外，诸君谅皆风闻她的才名，今为诸君见之！"

蔡文姬走上堂来，跪下来，语意哀酸地讲清来由，在座宾客都交相诧叹不已。曹操说道："事情确实值得同情，但文状已去，为之奈何？"蔡文姬恳求道："明公厩马万匹，虎士成林，何惜疾足一骑，而不济垂死一命乎？"说罢又是叩头。曹操念及昔日与蔡邕的交情，又想到蔡文姬悲惨的身世，倘若处死董祀，文姬势难自存，于是立刻派人快马加鞭，追回文状，并宽恕其罪。

蔡文姬自朔漠归来以后嫁给董祀，起初的夫妻生活并不十分和谐。就蔡文姬而言，饱经离乱忧伤，已经是残花败柳之身了，再加上思念胡地的两个儿子，时常神思恍惚；而董祀正值鼎盛年华，生得一表人才，通书史，谙音律，是一位自视甚高的人物，对于蔡文姬自然有一些无可奈何的不足之感，然而迫于丞相的授意，只好勉为其难地接纳了她。董祀犯罪当死，何尝不是在不如意的婚姻中，所产生的叛逆心理而导致的结果呢？蔡文姬当然明白其中的道理，因而铆足了劲儿，要为丈夫开脱，终于以父亲的关系，激起曹操的怜悯之心，而救了董祀一命。

从此以后，董祀感念妻子的恩德，对蔡文姬的态度一百八十度大转弯，夫妻也双双看透了世事，溯洛水而上，居住在风景秀丽、林木繁茂的山麓。若干年以后，曹操狩猎经过这里，还前去探望两人。

相传，当蔡文姬为董祀求情时，曹操看到蔡文姬在严冬季节，蓬首跣足，心中大为不忍，命人取过头巾鞋袜为她换上，让她在董祀未归来之前，留居在自己家中。曹操不仅是个政治家，还是个有名的文学家。他有一个特点，那就是出了名地爱书，尤其是难得一见的书。在一次闲谈中，曹操表示很羡慕蔡文姬家中原来的藏书。当蔡文姬告诉他家中所藏的四千卷书，几经战乱，已全部遗失时，曹操流露出深深的惋惜之情，当听到蔡文姬还能背出四百篇时，又大喜过望，立即说："今当使十吏就夫人写之。"蔡文姬惶恐地答道："妾闻男女有别，礼不亲授，乞给纸笔，真草唯命。"再三谦让过后，蔡文姬凭记忆默写出四百篇文章，文无遗误，足可见蔡文姬的才情之高。

蔡文姬传世的作品除了《胡笳十八拍》外，还有《悲愤诗》。其中，《悲愤诗》被称为我国诗歌史上文人创作的第一首自传体的五言长篇叙事诗。"真情穷切，自然成文"，激昂酸楚，在建安诗歌中别构一体。

　　　　细草微风岸，危樯独夜舟。

　　　　星垂平野阔，月涌大江流。

　　　　名岂文章著，官应老病休。

　　　　飘飘何所似，天地一沙鸥。

　　　　　　　　　　　——杜甫《旅夜抒怀》

　　　　去年今日此门中，人面桃花相映红。

　　　　人面不知何处去，桃花依旧笑春风。

　　　　　　　　　　　——崔护《题都城南庄》

瑞鹤仙·乡城见月

蒋　捷

绀[1]烟迷雁迹，渐碎鼓零钟，街喧初息。风檠[2]背寒壁，放冰蟾[3]飞到，丝丝帘隙。琼瑰[4]暗泣，念乡关[5]、霜华似织。漫将身、化鹤归来[6]，忘却旧游端的。

欢极。蓬壶蘸浸，花院梨溶，醉连春夕。柯云罢弈[7]，樱桃在，梦难觅。[8]劝清光、乍可幽窗相照，休照红楼夜笛。怕人间、换谱伊凉[9]，素娥未识。

[1] 绀（gàn）：深青带红的颜色。

[2] 檠（qíng）：灯架，也代指灯。

[3] 冰蟾：月亮的别称，传说月中有蟾蜍，月光洁白若冰，所以得名。

[4] 琼瑰：指美玉，此处喻指晶莹的泪珠。

[5] 乡关：家乡。

[6] 化鹤归来：用丁令威化鹤的典故。晋陶潜《搜神后记》卷一："丁令威，本（汉）辽东人，学道于灵虚山，后化鹤归辽，集城门华表柱。时有少年，举弓欲射之，鹤乃飞，徘徊空中而言曰：'有鸟有鸟丁令威，去家千年今始归。城郭如故人民非，何不学仙冢垒垒。'"后用来比喻世事变迁。

[7] 柯云罢弈：化用烂柯典故。梁代任昉《述异记》载："信安郡石室山。晋时王质伐木至，见童子棋而歌，质因听之。童子与一物与质，如枣核，质含之不觉饥，俄顷童子谓曰：'何不去？'持起视，斧柯烂尽，既归，无复时人。"此处比喻时迁事异。

[8] 樱桃在，梦难觅：唐人段成式《酉阳杂俎》载："姑婿裴元裕言群从中有悦邻女者，梦女遗二樱桃，食之，及觉，核堕枕边。"此处意在表达往事如烟，空留一梦。

[9] 伊凉：曲调名，即《伊州》《凉州》二曲。

青红色的烟云，遮隐了飞雁的踪迹。钟鼓的声音渐渐零落
稀疏，大街上喧闹的声音也刚刚止息。风中不停摇曳的孤灯，
背对着寒冷的空壁，只任凭那冷冷的月光，透过蛛网的空隙。
我暗自伤心悲泣，怀念故乡如霜一般的月色照满大地。我即使
化鹤归去，也早已忘却往昔游玩的意趣。

旧游欢乐至极。整个城市沉浸在蓬壶红莲的彩灯里，梨
花盛开的庭院，花月溶溶皎艳，一连几个春宵醉酒狂欢。像王
质梦里观棋一般直到罢局，斧柄腐烂才收拾起残局，像裴元裕
随从有人梦见邻女吃樱桃，醒来樱核坠在枕畔，那奇妙的梦境
再难寻觅。我劝那明月的清光，只可与我幽窗相照为伴，不要
去夜晚吹笛的红楼映照流连。恐怕人间换成了《伊州》《凉州》
凄厉的北方旧曲，就连嫦娥也会感到陌生诡异。

吹破江山百年梦

这是一首宋朝亡后，词人重归故乡望月抒怀的作品。词人回到故里，面对寒月抚今追昔，写下此篇。上阕极言环境之萧条冷落，用丁令威化鹤之典抒山河依旧、物是人非之感慨。下阕前几句作绚丽之笔描绘故国上元夜之欢乐繁盛，以昔衬今。"柯云罢弈"及以下连用两个传说烘托往事如梦、恍若隔世的怅惘氛围。"劝清光"几句充满江山易主之悲，也隐含着对那些亡国后依旧寻欢作乐之人的指责。全词格调沉郁悲凉，辞情幽微含蓄。

蒋捷是一位爱国志士。宋亡后隐居不仕，颇有气节，为时人所称道。了解了这一点，我们便容易把握本词的思想感情了。上阕"绀烟"三句，是夜景之始。"风檠"三句，灯光暗淡，月色亦清冷。"琼瑰"二句写漂泊在外，常常是见月思乡；"漫将"二句写重回故里，却感觉物是人非。下阕调转笔墨，回忆起京师上元夜之繁华，其实与上阙烘托的怅然若失之情暗合。结尾几句的语意也很明显，劝月光"休照红楼夜笛"，是因为那里所歌唱的是新朝舞乐，恐怕嫦娥也不熟悉这些音乐。其故国之思及对趋奉新朝而求欢乐之人的怨气不难理解。本词词意深婉，有一股幽怨勃郁之气。先著评曰："句意警拔，多由于拗峭，然须炼之精纯，始不失于生硬。"（《词诘》）通篇字精语练，结构严密，悲凉沉郁，深婉含蓄。

不到蓬莱不是仙

"蓬莱"这一地名，从它诞生的那一刻起，就与神仙文化结下了不解之缘。据唐人李吉甫《元和郡县图志·登州·蓬莱》记载："昔汉武帝于此望蓬莱山，因筑城，以蓬莱名之。"另据资料，汉武帝于太初元年（公元前104年）巡幸至此，寻访神山不遇，于是筑起一座城，冠以"蓬莱"，从此有了"蓬莱"这一地名。

此前的公元前219年，秦始皇第一次巡游来到东海之滨，天风浪浪，海山苍苍，在这里，他看见了海市蜃楼，如仙山琼阁，美不胜收，心神俱醉之余，征召大批方士，询问海中神山与仙药之事。一个叫徐福的方士上书奏道："言海中有三神山，名曰蓬莱、方丈、瀛洲，仙人居之。请得斋戒，与童男女求之。"始皇大喜，立即下诏征童男女三千，百工技艺之人，携带五谷等物，由徐福率领，东入大海"求仙"。司马迁在《史记》

191

中说，徐福率领他的船队两度出海，最后到了一个叫"平原广泽"的地方。这个"平原广泽"，据推测可能位于日本某地。徐福出海的地点，有人认为在当时的琅邪郡，也有人认为就在蓬莱（当时属齐郡的黄县）。

蓬莱阁坐落在蓬莱城北面的丹崖山上，与黄鹤楼、岳阳楼、滕王阁并称四大名楼。唐代时这里建过龙王宫和弥陀寺，北宋嘉祐六年（公元1061年），郡守朱处约始建蓬莱阁。明代万历十七年（公元1589年），巡抚李戴在蓬莱阁附近增建了一批建筑物。清嘉庆二十四年（公元1819年），清朝知府杨丰昌和总兵刘清和继续扩建，使蓬莱阁具有了现在的规模。

蓬莱阁是一个占地面积为三万两千八百平方米、建筑面积达一万八千九百六十平方米的庞大古建筑群，大小楼阁总共有一百多间。主阁是一座双层木结构建筑，丹窗朱户，飞檐叠瓦，雕梁高启，古朴伟丽，阁底环列十六根大红楹柱，上层绕有一圈精巧明廊，可供游人远眺，凭栏四顾，举头红日近，俯首白云低，山丹海碧，海天空茫。除主阁外，主要建筑尚有吕祖殿、三清殿、蓬莱阁、天后宫、龙王宫、弥陀寺等，众星捧月，浑然天成，正所谓"丹崖琼阁步履逍遥，碧海仙槎心神飞跃"。

晚清时，刘鹗游过蓬莱阁后记述道："话说山东登州府东门外有一座大山，名叫蓬莱山。山上有个阁子，名叫蓬莱阁。这阁造得画栋飞云，珠帘卷雨，十分壮丽。西面看城中人户，烟雨万家；东面看海上波涛，峥嵘千里。所以城中人士往往于下午携樽挈酒，在阁中住宿，准备次日天未明时，看海中出日，习以为常。

"到了阁子中间，靠窗一张桌子旁边坐下，朝东观看，只见海中白浪如山，一望无际。东北青烟数点，最近的是长山岛，再远便是大竹、大黑等岛了。那阁子旁边，风声'呼呼'价响，仿佛阁子都要摇动似的。天上云气一片一片价叠起，只见北边有一片大云，飞到中间，将原有的云压将下去。并将东边一片云挤得越来越紧，越紧越不能相让，情状甚为谲诡。过了些时，也就变成一片红光了。"

登上蓬莱，只见海天一色，海鸟翔鸣，蔚为壮观。这一区域能领略到蓬莱十景中的"万斛珠玑、狮洞烟云、晚潮新月、渔梁歌钓、日出扶桑、神仙现市、万里澄波"。

蓬莱的一大奇观便是海市蜃楼，秋天是最容易出现海市蜃楼的季节，迷蒙神奇的海市蜃楼出现时，但见缥缈的幻景"聚而成形，散而成气，千姿百态，瞬息万变。忽而似楼台，如亭阁；忽而像奇树，如怪峰；时而横卧海面，时而倒悬空中，若断若连，若隐若现，朦胧中似乎还有人影在晃动。一会儿长桥飞架，一会儿楼阁高耸，东部倒挂的奇峰刚刚隐去，西边林立的烟囱又赫然入目……"可以说，正是有了海市蜃楼，才有了蓬莱、瀛洲、方丈三神山之说，才有了秦皇汉武的寻仙之事，才有了白居易笔下"忽闻海上有仙山，山在虚无缥缈间"的诗句。

同时，蓬莱民间自古也盛行崇尚神仙之风。蓬莱的神仙文化，缘起于海市蜃楼，兴起于战国时期，至明、清时期，郡志上记载的地方性神仙人物已多达数十位。

相传正月十六是天后（海神娘娘）的生辰，所以蓬莱人有正月十六赶庙会的习俗。这天，人们从四面八方赶往蓬莱阁天后宫，进香膜拜、求签许愿、捐香火钱。各地民众组织戏班、秧歌队到蓬莱阁戏楼、广场上表演，届时蓬莱阁上人山人海，热闹非凡。

而在此之前的正月十三、十四，渔民们会过渔灯节，蓬莱阁的龙王宫里来往者如织，有人送灯，有人奉供，皆是向龙王爷祈求保佑，以图新的一年出海平安和渔业丰收。按照风俗，许多人要供祭船、送渔灯、放鞭炮，同时举行娱乐活动。若是这渔灯节前后恰逢有渔民造了新船，船主会择黄道吉日，让船头披彩，船桅挂红旗，然后设供品、点蜡烛、焚香纸、鸣鞭炮、行大礼，接着用朱砂笔为新船点睛、开光，高呼"波静风顺""百事大吉"，最后送船入海。

苏东坡有诗云："东方云海空复空，群仙出没空明中。"讲的是盛行于蓬莱民间的"八仙过海"的传说。一天，八仙在蓬莱阁上聚会饮酒，酒至酣时，商议到海上一游。汉钟离便把大芭蕉扇往海里一扔，袒胸露腹仰躺在扇子上，向碧海漂去；何仙姑不甘示弱，将荷花往水中一抛，伫立荷花之上，凌波踏浪而去。见此，其他诸仙也纷纷将各自宝物抛入水中，借助宝物游向东海。行至东海，八仙与龙三太子发生冲突，双方展开了一番争斗。龙三太子搬来救兵四海龙王，掀起狂涛巨浪，一时间与八仙打得难分难解。这件事惊动了南海观世音菩萨，观音菩萨出面调停，双方才纷纷止戈。从此便在人间留下"八仙过海，各显神通"的典故。

杂县寓鲁门，风暖将为灾。

吞舟涌海底，高浪驾蓬莱。

神仙排云出，但见金银台。

陵阳挹丹溜，容成挥玉杯。

姮娥扬妙音，洪崖领其颐。

升降随长烟，飘飘戏九垓。

奇龄迈五龙，千岁方婴孩。

燕昭无灵气，汉武非仙才。

——郭璞《游仙诗（其六）》

海客谈瀛洲，烟涛微茫信难求。

越人语天姥，云霞明灭或可睹。

——李白《梦游天姥吟留别》

铜仙铅泪似洗，叹携盘去远，难贮零露。

病翼惊秋，枯形阅世，消得斜阳几度？

余音更苦。甚独抱清高，顿成凄楚。

谩想熏风，柳丝千万缕。

——王沂孙《齐天乐·蝉》

第五辑

一

梦

归

永遇乐 [1]·京口北固亭怀古 [2]

辛弃疾

千古江山，英雄无觅孙仲谋 [3] 处。舞榭歌台 [4]，风流总被雨打风吹去。斜阳草树，寻常巷陌，人道寄奴 [5] 曾住。想当年 [6]，金戈铁马，气吞万里如虎。

元嘉草草 [7]，封狼居胥 [8]，赢得仓皇北顾。四十三年 [9]，望中犹记，烽火扬州路。可堪回首，佛狸祠 [10] 下，一片神鸦社鼓。凭谁问，廉颇 [11] 老矣，尚能饭否？

198

[1] 永遇乐：此调又名"消息"。上下阕，一百零四字，有平韵、仄韵两体。平韵体始见于柳永《乐章集》，仄韵体则是南宋陈允平所创制。

[2] 京口：今江苏镇江。北固亭：晋蔡谟筑楼北固山上，称北固亭。

[3] 孙仲谋：孙权，字仲谋。建安十三年（公元 208 年）孙权迁都京口。

[4] 舞榭歌台：指孙权的故宫。

[5] 寄奴：宋武帝刘裕小字寄奴，生于京口，家境贫穷，故云"寻常巷陌"。

[6] 想当年：指义熙十二年（公元 416—417 年）刘裕督军北伐后秦，收复洛阳、长安。

[7] 元嘉草草：元嘉二十七年（公元 450 年），宋文帝刘义隆命王玄谟北伐，为后魏击败。

[8] 封：筑台祭天。汉霍去病追击匈奴至漠北的狼居胥山，封山而还。刘义隆尝听王玄谟谈论北伐，感到"使人有封狼居胥意"。"北顾涕交流"，则是他于兵败滑台后写的诗。

[9] 四十三年：开禧元年（公元 1205 年）辛弃疾出守京口，上距绍兴三十二年（公元 1162 年）率众南归，前后四十三年。

[10] 佛狸祠：在今江苏六合瓜步山上。佛狸为北魏太武帝拓跋焘小字。元嘉二十七年（公元 450 年），他追击宋军至长江北岸的瓜步。

[11] 廉颇：廉颇是战国时赵国名将，年老时居住在魏国。赵王有意起用，遣使问讯。廉颇一饭斗米，肉十斤，披甲上马，以示能战。使者回来谎报赵王说："与臣坐，顷之三遗矢（多次拉屎）矣。"赵王以为老，遂罢。

眼前这一片江山亘古长存，可像孙权那样的英雄该去何处寻觅？当年的歌舞楼台、繁华景象、英雄伟绩都随着风雨的吹打、时间的冲刷而流逝了。夕阳照向那草木杂乱、偏僻荒凉的普通街巷，人们说这就是当年刘裕曾经住过的地方。回想起当年，刘裕率兵北伐，兵多将广，武器精良，气势好像猛虎一样，把盘踞中原的敌人一下子都赶回北方去了。

　　南朝宋文帝（刘裕的儿子）在元嘉年间匆匆兴兵北伐，想要再建立"封狼居胥山"那样伟大的功业，但是由于草率从事，结果只落得自己兵败，北望追兵仓皇而逃。四十三年过去了，现在再向北遥望，还记得当年扬州一带遍地烽火。往事真是不堪回首，后魏皇帝佛狸的庙前，香烟缭绕，神鸦的叫声和社日的鼓声不绝于耳。谁还会来问：廉颇老了，饭量还好吗？

草树斜阳英华休

　　这首词题为"京口北固亭怀古"，是稼轩词中著名的一首爱国篇章。

　　词的上阕追念了在京口建立功业的孙权、刘裕。孙权以区区江东之地，抗衡曹魏，开疆拓土，建立吴国，与曹魏、蜀汉三足鼎立。尽管斗转星移，沧桑变幻，舞榭歌台，遗迹沦湮，但是他的英雄业绩则是和千古江山相辉映的。刘裕生在贫寒之家，后来势力逐渐壮大，便以京口为基地，削平了内乱，取代了东晋政权。他曾两度挥师北伐，收复黄河以南的大片土地。这些振奋人心的历史事实，被形象地概括为"想当年，金戈铁马，气吞万里如虎"。英雄人物留给后人的印象是深刻的，因而"斜阳草树，寻常巷陌"，传说中刘裕的故居遗迹，时至今日还能引起人们的瞻慕追怀。在这里，词人借思古之幽情，写出对现实的感慨。无论是孙权或刘裕，都是从战争中开创了基业，建国东南的。这和南宋统治者苟且偷安于江左，忍气吞声的怯懦表现，形成了鲜明的对照！

下阕"元嘉草草，封狼居胥"几句也是用历史事实来借古喻今。"元嘉"是南朝宋文帝的年号。宋文帝刘义隆是刘裕的儿子。他非但未能继承父业，而且还好大喜功，听信王玄谟的北伐之策，打了一场无准备之仗，结果一败涂地。封狼居胥是化用汉朝霍去病战胜匈奴，在狼居胥山举行祭天大礼的典故。宋文帝听了王玄谟的话，对臣下说："闻王玄谟陈说，使人有封狼居胥意。"辛弃疾用宋文帝"草草"（草率的意思）北伐最后惨败的历史事实，劝谏当局伐金须做好充分准备、不能草率从事。"仓皇北顾"，是看到北方追来的敌人张皇失措的意思，宋文帝战败时有"北顾涕交流"的诗句。韩侂胄于开禧二年（公元1206年）北伐战败，次年被诛，正中了词人的"赢得仓皇北顾"的预言。

"四十三年"三句，由今忆昔，有屈赋的"美人迟暮"的感慨。辛弃疾于绍兴三十二年率众南归，至开禧元年在京口任上写下这首《永遇乐》词，正好是四十三年。"望中犹记"两句，是说词人在京口北固亭北望，回忆起四十三年前自己正在战火弥漫的扬州以北地区参加抗金斗争（"路"是宋朝的行政区域名，扬州属淮南东路）。后来渡淮南归，原想凭借国力，恢复中原，然而南宋朝廷却昏聩无能，使他英雄无用武之地。如今过了四十三年，自己已成了老人，而壮志依然难酬。词人追思往事，不胜遗憾！

　　"佛狸祠下，一片神鸦社鼓"两句用意是什么呢？佛狸祠在长江北岸今江苏南京六合区东南的瓜步山上。元嘉二十七年，魏太武帝拓跋焘南侵时，曾在瓜步山上建行宫，后来改为一座庙宇。拓跋焘小字佛狸，所以民间把它叫作佛狸祠。这座庙宇，南宋时仍在。其实这里的"神鸦社鼓"，也就是东坡《浣溪沙》词里所描绘的"老幼扶携收麦社，乌鸢翔舞赛神村"的情景，是一幅迎神赛会的生活场景。辛弃疾在词里摄取佛狸祠这一特写镜头，则是有深刻寓意在其中的。"佛狸祠"和上文的"烽火扬州"有着内在的联系。四十三年前，完颜亮发动南侵，曾以扬州作为渡江基地，而且也曾驻扎在佛狸祠所在的瓜步山上，严督金兵抢渡长江。四十三年过去了，当年扬州一带烽火漫天，瓜步山也留下了南侵者的足迹。这一切，词人记忆犹新。可是眼前，佛狸祠下却是神鸦社鼓，一片安宁祥和的景象。人们忙着欢歌、忙着拜神，把曾经的万般屈辱通通遗忘，仿佛那场南侵从未发生过一般。更使词人感到不堪回首的是，自隆兴和议以来，朝廷苟且偷安，放弃了诸多北伐抗金的好时机，使得自己南归四十多年中，恢复中原的壮志无从实现。深沉的时代悲哀和个人的身世感慨交织在一起，把这份千古遗恨渲染得淋漓尽致。

　　词人对韩侂胄的北伐是赞成的，但是他认为必须做好准备工作。而准备是否充分，关键在于举措是否得宜，在于任用什么样的人主持其事。他曾向朝廷建议，应当把用兵大计委托给元老重臣，以此暗示自任，准备以垂暮之年，挑起这副重担；然而事情并不像他所想象的那样简单，于是他就发出"凭谁问，廉颇老矣，尚能饭否"的慨叹。至此，词意转入了最后一层。

读过《史记·廉颇列传》的人，自然能感受到廉颇和辛弃疾两人神韵的类合之处。一个是"一饭斗米，肉十斤，披甲上马"的勇将，一个是"精神此老健如虎，红颊白须双眼青"的重臣，两人皆在华发之年还不灭报国的志向，不愧为老当益壮的千古典范。词人辛弃疾于此处借廉颇自喻，取得了出奇贴切的效果，刻画出生动鲜明的抒情主人公形象。不仅如此，稼轩引用这一典故还有更深刻的用意，那就是借当时的宋金矛盾，以及南宋统治集团的内部矛盾来抒写个人的政治遭遇，以此抒发自己的感慨，使词中的形象更加饱满，从而深化词的主题。关于这一点，可以从以下两个方面来把握。

首先，廉颇不仅是一位"以勇气闻于诸侯"的战国猛将。在秦赵长期相持的斗争中，他表现出卓越的军事才能和强大的军事素养，行动勇猛而不孟浪、性格持重而不畏缩。他所培养的军队均是劲旅，战术上能攻能守，为秦国所惧服。赵王"思复得廉颇"，也是"数困于秦兵"，谋求抗击强秦之举。因而廉颇的用舍行藏，关系到赵秦相持的局势、赵国国运的兴衰，而不仅仅是廉颇个人的沉浮得失问题。其次，廉颇此次之所以没有被赵王起用，是由于他的仇人郭开搞阴谋诡计，蒙蔽了赵王。

廉颇的个人遭遇，正反映了当时赵国统治集团内部的矛盾和斗争。这一故事所揭示的历史意义，结合词人四十三年来的身世遭遇——特别是在不久后他又被韩侂胄一脚踢开，落职南归时发出一声"郑贾正应求死鼠，叶公岂是好真龙"（《瑞鹧鸪·乙丑奉祠归舟次余干赋》）的慨叹——来体会他作此词时的处境和心情，我们就能更深刻地理解他的忧愤，也会惊叹于他用典的出神入化。

稼轩词有一个特色，那就是频繁用典，如这首词就引用了许多历史典故。有人因此说他的词缺点是喜欢"掉书袋"。岳飞的孙子岳珂在其所著的《桯史》中说"用事多"是这首词的毛病，这是不恰当的批评。我们应该做具体的分析：辛弃疾原来有许多词确实是过度运用典故，但是这首词并非如此。它所用的典故，除了结尾处的"廉颇老矣，尚能饭否"之外，其余都是有关镇江的史实，是"京口怀古"一题下应有的内容，和一般的"掉书袋"不同。况且他引用的这些典故，都和这首词的思想感情紧密相连。紧扣主题用典，以加强作品的说服力和感染力，这在宋词里是不多见的，这正是这首词的长处。杨慎《词品》说："辛词当以京口北固亭怀古《永遇乐》为第一。"这是一句颇有见地的评语。

解用都为绝妙词

考"掉书袋"一词，虽为俗语，却含义精准，指事雅俊。专门指文人在说话撰文之时，喜好征引和借助古书，以此显示自己知识渊博。"掉书袋"早期的实践者，一个是南唐仕人彭利用，一个是南宋词家辛弃疾。彭利用读的史书太多了，记忆也太好了，以至于居家过日子，和家人拉家常的时候也是子曰诗云、引经据典、微言大义，凡所出口，均有出处。意犹不及的地方，自然免不了断章破句、截文取义，弄得一家老小非常不舒服。

彭利用"掉书袋"的功夫，在于"口掉"，口若悬河，间不容发。"笔掉"呢，当然要数大词人辛弃疾了。稼轩"笔掉"的功夫，入词融境，也就是能在韵辙整肃的诗词里将书袋灵活地契入，而且能够做到雁影无痕，功夫炉火纯青。《永遇乐·京口北固亭怀古》更是通篇用典，读后让人不禁拊掌称赞:"稼轩用典,自然天成!"由此,我们可以总结出以下几条:一是"掉书袋"作为一种文化现象,在中国,古来就有,且"掉"风甚盛;二是"掉书袋"作为写文章的一种方法手段,有着高迈低微之分;三是"掉书袋"作为汉语词条,其性质应为中性,即掉得好,是博学多才,而掉不好,则成了显摆卖弄,"掉"字本身是无所谓好与不好的。

应当说,大凡读书人都明白"掉书袋"不过是"徒以诗文而已,所谓雕虫篆刻"(顾炎武),可为什么老有人热衷于这等雕虫小技呢?墨西哥诗人雷耶斯回答得很精辟:"一些人主动接受权威,以求减轻自己的负担,接受权威最终成了主要的解决方式。"当你不愿意(或者不能够)在思维和文字领域艰辛地开拓时,就只能靠批发他人的文字,经营文字"杂货店"。

虽说"掉书袋"一直为人讥诟,但它偏偏能扎根文坛。科举时代"我注六经"的八股文甚至成为一种官方行为。仅仅是蒙点虚名、冒点酸水倒也罢了,更可笑的是还有靠"掉书袋"谋官图权的。《资治通鉴》载:有一卖饼的无赖叫侯思止,因告密被擢为将军,但他还嫌官小,求武则天将自己升为御史。武则天说:"卿不识字,岂堪御史。"他立马"掉"一"书袋":"獬豸何尝识字,但能触邪耳。"獬豸是传说中的一种异兽,在见人争执时总是用角顶坏人。女皇一高兴便封了他个御史。

我国的文化之河流淌了五千多年,虽然中间历经无数文化浩劫和时间的消磨,但是这改变不了我国文化底蕴深厚的事实,我们可掉的书袋多而大，幽而深，如古井、如湖海，著名红学家周汝昌曾言道："中华汉字，本身就是一个特号大书袋。"因此，凡是有点文化的人，一不留神，就会掉进去。"掉书袋"，从宏观上看，是一种自发性的文化传承现象，是文人无行而有术的一种势力表演，最精彩的部分都在幕后，最浅陋的部分显出深刻；"掉书袋"，表面上是回顾历史的得失，本质上是关注未来的动向，它将千古历史潇洒地移花接木到今天的现实之中。

现代的知识学问，大部分是通过书籍来传播的。如茨威格所说的："所谓文化，没有书籍也就无从存在了。"较之远古珍贵稀少的竹简龟板，我们真可算是在书海中遨游了。如果说从前"掉书袋"还要四下去找去抄的话，那么在如今的信息时代，每个人都被"书袋"包围着。这让人想起了美国作家福克纳在获诺贝尔文学奖时的发言："叙述冒险的时代已经过去，冒险的叙述时代即将开始。"确实，当一种又一种的形式、一批又一批的典故、一个又一个的词汇都已被前人用惯，你每每提笔，不都是在做"冒险的叙述"吗？冒着沾他人余沫之险，冒着陷入老路旧辙之险……当然，也在冒"掉书袋"之险。

不过，也有人认为凡事"在所自处耳"。比如周作人，对"要想而想不到，欲说而说不出的东西"，他往往以读书笔记的形式，通篇摘抄引用古书，再加上自己的开头结尾，以及引文与引文之间的连缀点染，使之极萧寥闲远之致，可谓一种创造。他说："模仿是奴隶，影响却是可以的。"

不仅是周作人，许多大师也都是"融百家而了无痕"的用典借词高手。黄鲁直《诗话》一语"老杜作诗，退之作文，无一字无来历"，足可见用典对于创作的重要性。然而，"老杜诗"与"退之文"是否真的字字不离用典呢？这恐怕是有待商榷的。提笔作文，若是人人都陷入用典的狂热，又有谁愿意苦心孤诣、费尽光阴来经营新的词句？

"但肯寻诗便有诗，灵犀一点是吾师。夕阳芳草寻常物，解用都为绝妙词。"（袁枚《遣兴》）天下可写的东西实在很多，何必去"掉书袋"让人笑话呢？

朱雀桥边野草花，乌衣巷口夕阳斜。旧时王谢堂前燕，飞入寻常百姓家。

——刘禹锡《乌衣巷》

大江东去，浪淘尽，千古风流人物。故垒西边，人道是，三国周郎赤壁。乱石穿空，惊涛拍岸，卷起千堆雪。江山如画，一时多少豪杰。

遥想公瑾当年，小乔初嫁了，雄姿英发。羽扇纶巾，谈笑间，樯橹灰飞烟灭。故国神游，多情应笑我，早生华发。人生如梦，一尊还酹江月。

——苏轼《念奴娇·赤壁怀古》

花犯·水仙花

周密

楚江[1]湄[2]，湘娥乍见，无言洒清泪。

淡然春意。空独倚东风，芳思谁寄？凌波[3]

路、冷秋无际，香云随步起。谩记得、汉

宫仙掌[4]，亭亭明月底。

冰弦写怨更多情，骚人恨，枉赋芳兰幽

芷。春思远，谁叹赏、国香风味。相将共、

岁寒伴侣，小窗净、沉烟熏翠袂。幽梦觉，

涓涓清露，一枝灯影里。

[1] 楚江：楚地之江河，此处应指湘江。

[2] 湄：河岸，水与草相接的地方。

[3] 凌波：本指起伏的波浪，多形容女子走路时步履轻盈。化用曹植《洛神赋》典故。

[4] 汉宫仙掌：汉武帝时所建造之金铜仙人。

　　那清秀的水仙花高洁无比，仿佛是楚江江畔满含幽怨的湘妃，默默无言洒下点点清泪。透出清新淡然的春意。独自空倚春风，满怀心绪，芳情能够向谁托寄？又踏着水波般的步态盈盈走来，一路上秋色凄冷，茫茫无际。随着她那轻盈的步履，升腾起香云香气。我还依稀记得，她正像是捧着承露盘的金铜仙女，在明月下亭亭玉立。

　　我仿佛听到她弹奏起琴瑟冰弦，更多情地抒写着心中的哀怨，屈原抒发牢骚怨恨，只是将芳香的兰草幽洁的白芷歌叹，竟然忽略了多情的水仙。春意悠远，谁来欣赏赞叹水仙这天姿国色的风味？我将把水仙作为岁寒季节的友伴。小窗明净，沉香的缕缕轻烟将她的翠袖熏染。从幽迷的梦境中醒来，只见一枝水仙沾着点点清露，独立在灯影之中。那情味，更令人意远神迷。

凌波画影芳尘驻

晚唐和南宋末期的诗词作品中咏物题材较多。恰逢末世，文人发现自身的力量不足以撼动整个政治局面，只好退而工词，且以咏物词作为排遣愁思的途径，净化心灵的工具。这首《花犯·水仙花》就是南宋咏物词中的名篇，本词之妙，在于咏物而不滞于物，舍貌取神。全篇意境清幽，用语淡雅，不黏滞于尘事，不着意于色相。上阕先以神话传说渲染水仙不同凡艳的清姿与高洁，下阕则抒写对水仙的悼惜之情，并且赞美水仙耐寒的品性，同时也寄寓了词人向往的理想人格境界。

上阕用如梦似幻的笔法，勾勒出水仙花绝尘超脱、宛若仙灵的神韵，即芳心难寄的幽怨、"香云随步起"的丰神、月下亭亭玉立的逸韵。

起首三句："楚江湄，湘娥乍见，无言洒清泪。"楚江，楚地之江河，此处应指湘江。湘娥，帝舜的两位妃子娥皇、女英，湘水女神。这里将水仙花比拟成湘妃，是很贴切的。湘妃正是水中仙子，扣合水仙花的名字，也暗合水仙花靠水而生的习性。水仙种于布满小鹅卵石的水盆中，叶丛中挺生花茎，上开白色带黄的伞状花；根茎色白如玉，茎叶初生时含绿色，一派清新可爱的风格。然而在词人眼中，不染尘埃的水仙，却如投水于湘江的娥皇、女英一般哀愁，仿佛隔着千年的惆怅无言地落泪。究竟是花愁还是人愁？正如王国维所说"以我观物，故物皆着我之色彩"，"无言洒清泪"的想必不是无情卉木，而是感时伤怀的词人周密。

接下来"淡然春意"一句更显水仙风骨。水仙花开于冬春之交，因而天生便与春结缘，带着春意降临人间，只是它遗世独立，这"春意"便恰如冷美人嘴角轻勾，淡若清风。

"空独倚东风，芳思谁寄"作反问语，水仙独临东风，是想把美好的情思寄给谁呢？答案尽在不言中：纵然水仙再高洁，也难遇知音，满腹芳思终究被东风吹散。"凌波路、冷秋无际，香云随步起"，凌波，本指起伏的波浪，多形容女子走路时步履轻盈。《洛神赋》有"凌波微步，罗袜生尘"一说。湘娥凌波微步，带起香云，比喻水仙在水中的倩影。在此句之前，词人或是采用神仙道化的典故，或是以"清""淡""空"等字点染空灵的氛围，可谓是笔笔留意着避免落入咏花的俗套，意在营造一种清冷境界，不黏滞于尘事，不着意于色相。在此句中甚至以"冷秋"来比拟水仙盛开的缥缈画面，直言虽然不是秋天，但凌波的水仙散出无限清冷的寒意，在春天便给人以秋的冷感。高观国有《金人捧露盘·水仙花》"有谁见、罗袜尘生，凌波步弱，背人羞整六铢轻"，虽然同样以凌波微步喻水仙姿态，却嫌着色相，既"羞"又"弱"，俨然一副故作柔弱、讨好献媚之色。

歇拍两句"谩记得、汉宫仙掌，亭亭明月底"，描写对象从水仙移至观赏水仙的人。看她凌波微步，观者的思绪不禁随之飘远，想起汉宫前捧承露盘的金铜仙人在明月下的亭亭玉影。

下阕抒写由水仙引发的联想，赞美水仙国色天香甘受寂寞的高洁情操。

"冰弦写怨更多情，骚人恨，枉赋芳兰幽芷"一句意味深长，表面上以冰弦不绝如缕的哀音代指抒写水仙的幽怨，并痛心世人眼拙，不懂赏识水仙之多情，实际上是寄寓着词人怀才不遇，不为世所重用的遗恨。冰弦，指筝，《长生殿·舞盘》有详细描写过冰弦："冰弦玉柱声嘹亮，鸾笙象管音飘荡。"此处用来比喻水仙，水仙如冰弦，弹来怨情更多。以有声的冷弦比喻无声的水仙，这种通感手法令人耳目一新。赵闻礼《水龙吟·水仙》中也用该手法描绘过水仙"乍声沈素瑟"，又有"含香有恨，招魂无路，瑶琴写怨。幽韵凄凉，暮江空渺，数峰清远"，两句有异曲同工之妙，不过赵词略显辞繁。张炎《西江月·题墨水仙》"独将兰蕙入离骚，不识山中瑶草"，与此处用意相似。

"春思远，谁叹赏、国香风味。"水仙临春开放，春思悠远，韵味深长，但很少有人赏识这种国香风味。国香一语双关，既指花香，又指气节。千百年来，这种形容多用于兰、梅等，在赞叹花香之余亦赞赏了人的品德。宋以后以"国香"歌咏水仙的词句渐多，黄庭坚《次韵中玉水仙花》"可惜国香天不管，随缘流落小民家"，已寄此意。

临近结尾的几句是写灯下欣赏水仙的真情，神清意远，隐约表现出词人高蹈尘俗、绝世独立的精神气质。"相将共、岁寒伴侣"赞美水仙清高孤傲，不畏寒冷的品格，也有词人的自许之意。承上启下，回答了上句的"谁叹赏"，引出下句水仙惹人怜爱的"小窗净、沉烟熏翠袂"之状。翠袂，翠色的衣袖，比喻水仙的叶。水仙被移植入人的生活环境中，也不变其遗世的风姿，衬得小窗愈发明净，沉香徐徐吐出一缕缕烟雾，在水仙青葱水绿的叶间缭绕。

"幽梦觉，涓涓清露，一枝灯影里。"当人一觉幽梦醒来时，只见灯影中有一枝身上带有点点露珠的水仙花。水仙的面貌在前文其实已经被勾勒得差不多了，只是正好还缺最后一道工序便可大功告成，结尾两句宛如水面上化开的一朵涟漪，涟漪散去之时，一株淡然、惆怅、孤高、多情的水仙便盈盈地现身了。

潇湘卉木总多情

　　中国历史上最可歌可泣的两位女神是娥皇和女英。她们是尧帝的两个女儿，又是舜帝的爱妃。刘向的《列女传》记载，她们曾经帮助舜摆脱了弟弟象的百般迫害，成功登上王位，事后又鼓励舜以德报怨，宽容和善待那些死敌。她们的美德因此被载入史册，受到民众的广泛称颂。

　　传说舜在登基之后，与两位心爱的妃子娥皇和女英泛舟海上，度过了一段美好的蜜月时光。晋代王嘉的《拾遗记》称，他们乘坐的船用烟熏过的香茅作为旌旗，又用散发着清香的桂枝作为华表，并且在华表的顶端安装了精心雕琢的玉鸠，这是现存记载中最古老的风向标。

　　舜帝晚年时巡察南方，在一个叫作苍梧的地方突然病故。失去了丈夫的娥皇、女英姐妹，面对奔流的湘江，失声痛哭。流水远逝，正如她们的丈夫一去不返，不能复生。芦蒿无边，江雾苍茫，临风凭吊，更添哀伤。无力北返，伤痛难禁，娥皇、女英在痛哭之后，投湘江自尽了。当地之人同情这对姐妹，从此将她们视作专司腊月的花神水仙。楚地的人们知道之后，也为她们的遭遇感到悲哀，于是就将洞庭山改名为君山，并在山上为她俩筑墓安葬，造庙祭祀。

天帝因为两姐妹的痴情而怜悯她们，封舜帝为湘水之神，号曰"湘君"，封娥皇、女英为湘水女神，号曰"湘夫人"。湘江边沾着这对姐妹思夫泪痕的斑竹，因此被称为"湘妃竹"。千百年来，他们的故事为文人墨客不断颂扬。如屈原《九歌》中的《湘君》《湘夫人》二篇。唐代高骈作《湘妃庙》："帝舜南巡去不还，二妃幽怨水云间。当时珠泪垂多少，直到如今竹尚斑。"唐代刘禹锡作《潇湘神》："斑竹枝，斑竹枝，泪痕点点寄相思。"这些哀婉凄美的诗词至今为人们传唱，娥皇、女英的故事也随之世代流传。

梦湘云，吟湘月，吊湘灵。有谁见、罗袜尘生，凌波步弱，背人羞整六铢轻。娉娉袅袅，晕娇黄、玉色轻明。

香心静，波心冷，琴心怨，客心惊。怕佩解、却返瑶京。杯擎清露，醉春兰友与梅兄。苍烟万顷，断肠是、雪冷江清。

——高观国《金人捧露盘·水仙花》

凌波仙子生尘袜，水上轻盈步微月。

是谁招此断肠魂，种作寒花寄愁绝。

含香体素欲倾城，山矾是弟梅是兄。

坐对真成被花恼，出门一笑大江横。

——黄庭坚《王充道送水仙花五十支》

齐天乐·蝉

王沂孙

一襟余恨宫魂[1]断，年年翠阴庭树。乍咽[2]凉柯[3]，还移暗叶，重把离愁深诉。西窗过雨。怪瑶珮[4]流空，玉筝调柱[5]。镜暗妆残[6]，为谁娇鬓[7]尚如许。

铜仙铅泪似洗，叹携盘去远，难贮零露。病翼惊秋，枯形阅世，消得斜阳几度？余音更苦。甚独抱清高，顿成凄楚。谩想熏风，柳丝千万缕。

221

[1] 宫魂：指蝉，据马缟《中华古今注》，传说齐后因受冤屈，非常怨恨，自杀死后，尸体变蝉。

[2] 咽：哽咽。

[3] 凉柯：指秋天的树枝。

[4] 瑶珮：以玉声喻蝉声美妙。

[5] 调柱：调整筝的丝弦。

[6] 镜暗妆残：本义为明镜久暗淡，女子多年不事打扮，这里将秋蝉拟人化，赋予其人的情态。

[7] 娇鬓：女子美丽的鬓角，借喻蝉翼之美。

官人忿然魂断，满腔的余恨没有办法消除，因此化作哀苦的鸣蝉，年年栖息在翠阴庭树上。你一会儿在乍凉的秋枝上幽咽，一会儿又移到密叶的深处，再把那离愁向人们倾诉。西窗外下过了一阵疏雨，我奇怪的是，为何你的叫声不再凄苦，反而好似玉佩在空中的流响，又像是佳人抚弄着筝柱。明镜已经变得暗淡无光了，你也无心打扮装束，而今又是为了谁，把一对蝉翼整理得如此明媚？

金铜仙人离开了故国，告别了故乡，只能以铅泪洗面，可叹她携盘远行，再也不能为你贮存清露。你残弱的双翼害怕秋天，枯槁的形骸阅尽人间的荣枯，还能经受得住几次黄昏日暮？凄咽的残鸣尤为凄楚，为何独自把哀愁的曲调反复悲吟，一时间变得如此无助。你只有徒自追忆那逝去的春风，把千丝万缕的柳枝吹拂。

声尽落木徒自悲

　　王沂孙生活于宋末元初，切身经历了南宋的巨变，世事的变迁在他个人思想上留下了挥之不去的隐痛。在这首词里，词人隐晦纡曲地借咏蝉来表达对现实政治的思考。

　　上阕咏蝉，从正反两面刻画蝉的情态，构思独特。

　　"一襟余恨宫魂断。"起笔不凡，避开了蝉的环境和形态，直摄蝉的神魂。用"宫魂"二字点出题目。马缟《中华古今注》："昔齐后忿而死，尸变为蝉，登庭树嘒唳而鸣，王悔恨。故世名蝉为齐女焉。"开篇用典，典中一片感伤、哀怨色彩。"年年翠阴庭树"，齐女自化蝉以后，年年栖身于庭树翠阴之间，生活在孤寂凄清的环境之中。故而时时"乍咽凉柯"：它忽而哽咽，忽而哀泣，声声凄婉。蝉的哀鸣，恰如齐女魂魄的怨诉。"离愁深诉"承上"余恨宫魂"，"重把"与"年年"相呼应，足见"余恨"之绵长，"离愁"之深远。

"西窗过雨"，借秋雨送寒，谓蝉的生命将尽，其音倍增哀伤。然而，"瑶珮流空，玉筝调柱"，雨后的蝉声却异常婉转动听，清脆悦耳，恰如一串玉佩叮当作响地划过夜空，又如玉筝弹奏声在窗外泠泠响起，蝉的欢歌与"西窗过雨"的悲哀现实放在一起，产生一种强有力的对比。"镜暗妆残，为谁娇鬓尚如许"两句别出心裁，以人拟蝉，明明是描写蝉的羽翼，浮现于字里行间的却仍然是一位幽怨女子的形象。女子长期无心修饰容颜，妆镜蒙尘，失去了光泽。既然如此，今天何以如此着意打扮？正如秋蝉受雨，本该蛰居自处，为何眼下却双翼明媚，熠熠生辉？是不甘寂寞还是心中尚有所期待？这里的"为谁"和上文"怪"字呼应，实为词人在表怜惜之意。

"铜仙铅泪似洗，叹携盘去远，难贮零露。"下阕从"金铜仙人"故事写入，寓意深远，用事贴切，不着斧凿痕迹。据史载，汉武帝铸手捧承露盘的金铜仙人于建章宫。魏明帝时，诏令拆迁洛阳，"宫官既拆盘，仙人临载，乃潸然泪下"。李贺曾作《金铜仙人辞汉歌》，有句云："空将汉月出宫门，忆君清泪如铅水。"以餐风饮露为生的蝉，露盘已去，何以卒生。"病翼惊秋，枯形阅世，消得斜阳几度"，写哀蝉临秋时的凄苦心情。蝉翼微薄，哪堪阵阵秋寒，将亡枯骸，怎受人世沧桑。

"余音更苦"，蝉之将亡，仍在苦苦哀鸣，令人顿觉凄苦异常。"余音"与上阕"重把离愁深诉"呼应。"甚独抱清高，顿成凄楚"，"清高"意谓蝉的本性宿高枝，餐风露，不同凡物，似人中以清高自诩的贤人君子。哀音飒飒，苦叹造化无情，结局竟如此辛酸。

"谩想熏风，柳丝千万缕"光明突现：夏风吹暖，柳丝摇曳，那正是蝉的黄金时代。辉光虽好，但已是明日黄花，欢乐不再，徒增痛苦而已。

《花外集》和《乐府补题》中都收录了这首词。《乐府补题》是宋遗民感愤于元僧杨琏真迦盗发宋代帝后陵墓而作的咏物词集。词中的齐后化蝉、魏女蝉鬓，都与王室后妃有关，"为谁娇鬓尚如许"一句，还可能有暗指孟后的发髻。词中运用金铜承露的典故，影射宋朝灭亡及帝陵被盗的事情。咏物托意，而且以意贯串，毫无斧凿痕迹。

王沂孙的这首《齐天乐·蝉》堪称千古咏蝉之最，比骆宾王的名篇《在狱咏蝉》还要悲凉数倍。王沂孙正当报国的年华，却目睹国家的败亡，黯然神伤，又流落异族之手，情何以堪？所以他的词，倍觉抑郁哽咽，表露出亡国之民无可奈何的心境和吞吐难言的苦闷。词中凄咽的寒蝉，是失国亡家之人的象征。"宫魂"，点明朝廷的崩溃。"乍咽""还移"，是亡国之后，流徙无居、朝不保夕的生活苦境的形象写照。"为谁娇鬓尚如许"，感叹多情的秋蝉，依旧如从前那样保持着娇好的容颜，而残破的江山，再难以恢复从前的气象了。无限的悲痛，都从"为谁"二字里表现出来。下阕，"铜仙"句，暗含宋朝王室重宝的流散，如此无可奈何，却唯有一个"叹"字。"病翼惊秋，枯形阅世，消得斜阳几度"，自寓身世，极尽哀婉凄怆。"余音"数句，大声疾呼、痛哭流涕，转而无语凝咽。无限沧桑之感、遗臣孤愤之心，洞然可见。结句忽作太平清明之时的漫想，回首前尘，聊作痛定之后虚无缥缈的慰藉，本来亡国之恨，日夜缠绕，词人却只能在梦中将最繁丽的旧时风光留住，以乐景写哀情，是何等之痛。全词境界浑厚，铺陈安排得非常巧妙，又处处留下了寄托寓意，给读者留有思考的空间，并且线索分明，不枝不蔓，结构细密。词中清气流转、安排巧思、化典活用、词法多样化、赋写喻托的显著特点，丰富了咏物之作的内容和表现技巧，在整个中国咏物文学的发展演变进程中居于重要地位。

青枝蝉鸣入晚云

中国古代典籍中有关蝉的记载可谓品类繁多、资料齐备。

蝉自古便与中华民族的文化生活结下了不解之缘,它是文人士子寄托理想、隐喻身世的重要载体。患难与牢骚是古代咏蝉诗的主要内容,触蝉生情和借蝉象征是咏蝉诗的重要艺术手段。蝉文化是中国传统文化长期积淀的结果,可以用蝉来比喻一种品格,也可以用蝉的处境比喻人世艰难。蝉诗作品大多融入了历代文人在遭到打击之后的凄怆情怀,并带有一种覆国亡家的哀思和民族精神的寄托。

"造化生微物,常能应候鸣。"(许裳《闻蝉》)又是骄阳似火的夏季,那些被法布尔誉为"不知疲倦的歌手"的鸣蝉,又一次在林间枝头开始了它们的歌唱。古往今来,它们那"知了、知了"的鸣唱,曾使多愁善感的诗人们写下了多少优美动人的诗篇啊!

"高蝉多远韵，茂树有余音。"（朱熹《南安道中》）蝉声响亮而高远。对此，古诗中有许多生动的描写，比如，南朝诗人萧子范就曾在《后堂听蝉》一诗中这样写道："流音绕丛藋，馀响彻高轩。"唐代大诗人刘禹锡在《酬令狐相公新蝉见寄》一诗中也写道："清吟晓露叶，愁噪夕阳枝。忽尔弦断绝，俄闻管参差。"而唐代另一位诗人卢仝在《新蝉》一诗中对此描写得更为形象生动："泉溜潜幽咽，琴鸣乍往还。长风剿不断，还在树枝间。"

　　"今朝蝉忽鸣，迁客若为情。便觉一年谢，能令万感生。"（司空曙诗《新蝉》，一作耿湋诗）一样的蝉鸣，在不同的人听来往往会有不同的感受，生发出各种不同的感慨。这蝉声曾使长年漂泊在外的唐代大诗人白居易乡愁顿起："一闻愁意结，再听乡心起。渭上新蝉声，先听浑相似。衡门有谁听？日暮槐花里。"（《早蝉》）这蝉声也曾使刘禹锡心生凄凉："蝉声未发前，已自感流年。一入凄凉耳，如闻断续弦。"（《答白刑部闻新蝉》）这蝉鸣还曾使有志无成、空有一腔报国热情却无处施展的唐代诗人雍裕之潸然泪下："一声清溽暑，几处促流年。志士心偏苦，初闻独泫然。"（《早蝉》）蝉本无知，蝉鸣也本不关愁，然而许多诗人闻蝉而愁，这都只不过是因为诗人自己心中有愁，都是"以我观物，故物皆著我之色彩"的缘故罢了。正如宋代诗人杨万里所说："蝉声无一些烦恼，自是愁人枉断肠。"（《听蝉》）因此，我们就不难理解五代南楚诗人刘昭禹在《闻蝉》一诗中对蝉"莫侵残日噪，正在异乡听"的劝阻，唐代诗人卢殷在《晚蝉》一诗中对蝉"犹畏旅人头不白，再三移树带声飞"的抱怨，唐代另一位诗人姚合在《闻蝉寄贾岛》一诗中对蝉鸣"秋来吟更苦，半咽半随风"的描述，宋代词人刘克庄在《三月二十五日饮方校书园十绝》一诗中对蝉"何必雍门弹一曲，蝉声极意说凄凉"的感受，这些都只不过是诗人各自的内心情感的外现与物化罢了。

"得饮玄天露，何辞高柳寒"（刘删《咏蝉诗》），"饮露身何洁，吟风韵更长"（戴叔伦《画蝉》）。现在我们已经知道，蝉的幼虫生活在土壤里，是靠吸食植物根部的汁液维持生命的，而成虫则靠吸食树木枝干的汁液为生。然而，古人却误以为蝉是靠餐风饮露为生的，因此把蝉视为高洁的象征，并描写它赞颂它，或借它来寄托理想抱负，或以之暗喻自己坎坷不幸的身世。

隋朝旧臣虞世南有一首名为《蝉》的诗，诗人在诗中盛赞道："垂绣饮清露，流响出疏桐。居高声自远，非是藉秋风。"被唐太宗李世民留用后，虞世南由于博学多才，为人正直，深得太宗器重，而他笔下的鸣蝉也正是他人格的象征。作为"初唐四杰"之一、生活时代与虞世南相去不远的骆宾王，在高宗仪凤三年（678 年）也写过一首《在狱咏蝉》："西陆蝉声唱，南冠客思深。不堪玄鬓影，来对白头吟。露重飞难进，风多响易沉。无人信高洁，谁为表予心。"写这首诗时，本来担任侍御史的骆宾王，因上疏论事触忤武后，遭诬，以贪赃罪名下狱，身陷囹圄。这首诗借蝉抒怀，以"露重""风多"喻处境的险恶，以"飞难进"喻政治上的不得意，以"响易沉"喻言论被压制，以"无人信高洁"喻自己的品性高洁却不为世人所理解。全诗取譬贴切，用典自然，语多双关，于咏物中寄情寓兴，由物到人，由人到物，达到了物我一体的境界，是咏蝉诗中不可多得的佳作。晚唐诗人李商隐的《蝉》诗则是这样写的："本以高难饱，徒劳恨费声。五更疏欲断，一树碧无情。薄宦梗犹泛，故园芜已平。烦君最相警，我亦举家清。"诗人满腹经纶，抱负高远，然而由于为人清高，生活清贫。后来，又意想不到地陷入"牛李党争"之中，不受重用，潦倒终身。因而诗人在听到蝉的鸣唱时，自然而然地由蝉的立身高洁联想到自己的清白人格，由蝉之无同情之人联想到自己同样也是无同道相知。于是，不由自主地发出"高难饱""恨费声"的慨叹。以上三首诗都是唐代借咏蝉以寄意的名作，但由于三位诗人的地位、际遇、气质不同，使三首诗旨趣迥异，各臻其妙，被称为唐代咏蝉诗的"三绝"。清人施补华《岘佣说诗》对这一点的评论可谓一语中的："同一咏蝉，虞世南'居高声自远，非是藉秋风'，是清华人语；骆宾王'露重飞难进，风多响易沉'，是患难人语；李商隐'本以高难饱，徒劳恨费声'，是牢骚人语。比兴不同如此。"

与颂扬蝉的高洁相反，咏蝉诗中也有讥讽蝉污浊的。唐末诗人陆龟蒙和罗隐的《蝉》诗便是如此。在陆龟蒙的笔下，蝉是卑鄙无能之辈："只凭风作使，全仰柳为都。一腹清何甚，双翎薄更无。"在罗隐的笔下，蝉则是趋炎附势之徒："天地工夫一不遗，与君声调借君绥。风栖露饱今如此，应忘当年淬浊时。"两诗借蝉言志，对唐末的社会腐败、官场污浊进行了有力的讽刺和批判。

此外，唐朝诗人雍陶的"高树蝉声入晚云，不唯愁我亦愁君。何时各得身无事，每到闻时似不闻"（《蝉》），清代诗人朱受新的"抱叶隐深林，乘时嘒嘒吟。如何忘远举，饮露已清心"（《咏蝉》），也都是借蝉抒怀的佳句，句中各有比兴寄托。而南朝诗人陈正见的"风高知响急，树近觉声连"（《赋得秋蝉喝》）、唐朝诗人徐寅的"朝催篱菊花开露，暮促庭槐叶坠风"（《蝉》）虽是即景写景，却亦具有一番清新别致的机趣。

本以高难饱，徒劳恨费声。

五更疏欲断，一树碧无情。

薄宦梗犹泛，故园芜已平。

烦君最相警，我亦举家清。

——李商隐《蝉》

垂绥饮清露，流响出疏桐。

居高声自远，非是藉秋风。

——虞世南《蝉》

西陆蝉声唱，南冠客思深。

不堪玄鬓影，来对白头吟。

露重飞难进，风多响易沉。

无人信高洁，谁为表予心。

——骆宾王《在狱咏蝉》

贺新郎·九日 [1]

刘克庄

湛湛 [2] 长空黑。更那堪、斜风细雨，乱愁如织。老眼平生空四海 [3]，赖有高楼百尺 [4]。看浩荡、千崖秋色。白发书生 [5] 神州泪，尽凄凉、不向牛山滴 [6]。追往事，去无迹。

少年自负凌云笔。到而今、春华落尽，满怀萧瑟。常恨世人新意少，爱说南朝狂客。把破帽、年年拈出。若对黄花孤负酒，怕黄花、也笑人岑寂。鸿北去，日西匿。

234

[1] 九日：指农历九月九日重阳节。

[2] 湛湛：深沉，这里指满天黑云。

[3] 空四海：望尽了五湖四海。

[4] 高楼百尺：指爱国志士登临之所。

[5] 白发书生：指词人自己。

[6] 不向牛山滴：用牛山下涕典故。《晏子春秋》载，齐景公登上牛山，因感到终有一死而感伤落泪。

译文 宋词

暗沉沉的天空一片昏黑，又交织着斜风细雨，实在令人难以忍受，我的心中纷乱如麻，愁绪如织。我平生就喜欢登高临远眺望四海，幸亏现在有百尺高楼。放眼望去，千山万壑尽现于点点秋色之中，我胸襟博大满怀情意。虽然只是普通的白发书生，流下的行行热泪却总是为着神州大地，绝不会像曾经登临牛山的古人一样，为自己的生命短暂而悲哀饮泣。追忆怀念以往的荣辱兴衰，一切都已经杳无踪迹了。

少年时我风华正茂，气冲斗牛，自以为身上负有凌云健笔。到而今才华如春花凋谢殆尽，只剩下满怀萧条寂寞的心绪。常常怨恨世人的新意太少，只爱说南朝文人的疏狂旧事。每当重阳吟咏诗句，动不动就把孟嘉落帽的趣事提起，让人感到有些厌烦。如果对着菊花而不饮酒，恐怕菊花也会嘲笑人太孤寂。只看见鸿雁向北飞去，一轮昏黄的斜阳渐渐向西边沉了下去。

尚思为国戍轮台

辛弃疾经常采用《贺新郎》这个词牌，这个词牌适用于抒写豪放的感情，刘克庄也爱采用，他存世的全部词作中有百分之十六七是使用这一词牌的作品。这首题作《九日》的作品，是重阳节登高抒怀之作。但是词人又不落俗套，把一首重阳词写得颇有特色。"白发书生神州泪"，词人慨叹自己的年长和中原的沦陷，内容充实，感情深厚；"常恨世人新意少"一句则恰恰从这种恨世人少新意的本身显示出了一点难得的新意。应该说，这首词是刘克庄具有代表性的一篇佳作。

上阕首句很有分量。"湛湛长空黑"是登上高楼放眼眺望所见，展现出开阔的空间，而用"黑"字描绘黄昏，显然是用夸张的笔法表述心情的沉重。然后以"更那堪"为枢纽，转出"斜风细雨"，笔调忽转细腻。"乱愁如织"，比喻贴切，充满了低沉的情调，而接下来的几句又以磅礴的气势扫荡了这种低沉。

"老眼平生空四海，赖有高楼百尺。看浩荡、千崖秋色。""浩荡"二字，既描绘出千崖秋色，也表现了词人开阔的胸襟，一语双关。接下来，由"浩荡"转为"凄凉"的同时，立即用齐景公牛山滴泪的典故，反衬自己由于感慨神州陆沉而滴下的忧国之泪，其性质与程度是难以比况的，因此"凄凉"又立即转成了悲壮。文章贵有波澜，如此跌宕顿挫，才能把词人胸中的感慨抒发透彻。

下阕承"白发书生"进行发挥，从今昔对比中发出了深沉的叹息："少年自负凌云笔。到而今、春华落尽，满怀萧瑟。"主要是抒写自己少年时的豪情与才气，并进一步突出如今的家国之恨。下边更引出了"常恨世人新意少"的名句。何以见得世人少有新意？"爱说南朝狂客。把破帽、年年拈出"这里用的是"孟嘉落帽"的典故。用典故贵有新意，大家手笔，往往能够化腐朽为神奇，刘克庄嘲笑世人缺少新意，这本身，也未尝不是一点新意。下边写出饮酒，语颇癫狂，好像词句本身也浸透着几分醉态："若对黄花孤负酒，怕黄花、也笑人岑寂。"词人以"白发书生"自称，已经感到"满怀萧瑟"了。赏花饮酒，聊以自慰。但是，萧瑟岑寂之感是破除不了的，仔细体味起来，词句之中仍然隐含着悲凉的情调。"鸿北去，日西匿"的结尾，写天际广漠之景物，与首句相呼应。刘克庄的词眼界力求开阔，胸襟力求高旷，以达到雄健豪壮的格调，他的这一追求，在这首《贺新郎》里已经得到了体现。既用豪放笔，又恰当地穿插细笔把"大声"和"小声"结合起来，从而达到"欲托朱弦写悲壮"的目的。

落帽闲赋饮酒诗

孟嘉（公元296—349年），字万年，江夏孟鄳县（今属河南信阳市罗山县）人。他是三国时期吴国司空孟宗的曾孙，也是陶渊明的外祖父，少年时代就以才华出众而远近闻名。孟嘉历任东晋庐陵从事、征西大将军参军、从事中郎、长史。他学识渊博，才思敏捷，沉着豁达，行不苟合。公元346年，孟嘉回到故乡，后卒于家。

据《晋书·孟嘉传》记载，晋朝永和年间，明帝的女婿桓温任征西大将军，孟嘉任参军，颇受桓温的赏识。有一年重阳节，桓温在龙山（今安徽当涂东南）设宴招待文武官员，场面十分隆重，官员们都穿着肃穆的戎装，大家饮酒赋诗，啸咏骋怀。突然一阵大风刮来，把孟嘉的官帽吹落了，但是孟嘉本人一直没有察觉，仍然在饶有兴味地和别人作文酬答、饮酒赋诗。中国古代是十分讲究冠冕礼仪的，子路有“君子死，而冠不可免"的名言，所以，在这样隆重盛大的场合落帽而不觉，实在是有伤大雅的事情，为士吏的大忌。桓温暗令与会的文学家孙盛趁孟嘉如厕的机会，把帽子放到孟嘉的座位上，并且作文对他进行讥笑。孟嘉回来一看，立即乘兴创作进行唱和。由于他知识渊博，文辞俊雅，一语既出，四座皆惊，左右的官员无不叹服。后人便把这件事变成了一则著名的典故，比喻文人不拘小节，风度潇洒，纵情诗文娱乐的神态，"笑怜从事落乌纱"的佳话也就成为登高雅事。又因为重阳节之后天气逐渐变寒，因此称重阳节为"授衣之月，落帽之辰"（《岁华纪丽》）。

唐代诗人李白曾经在游览龙山时忆起孟嘉落帽的往事，于是写下了《九日龙山饮》一诗："九日龙山饮，黄花笑逐臣。醉看风落帽，舞爱月留人。"次日，李白意犹未尽，又作《九月十日即事》一诗："昨日登高罢，今朝又举觞。菊花何太苦，遭此两重阳？"李白还在《九日》诗中借用这一典故："落帽醉山月，空歌怀友生。"辛弃疾的《念奴娇·重九席上》词："龙山何处？记当年高会，重阳佳节。谁与老兵供一笑，落帽参军华发。"张子容《除夜乐成逢孟浩然》："远客襄阳郡，来过海岸家。樽开柏叶酒，灯发九枝花。妙曲逢卢女，高才得孟嘉。东山行乐意，非是竞繁华。"都是借用了孟嘉的典故。直到现在，仍然有不少人认为，重阳节登高饮宴风俗的产生，与孟嘉落帽的故事有着密切的渊源。

江涵秋影雁初飞，与客携壶上翠微。

尘世难逢开口笑，菊花须插满头归。

但将酩酊酬佳节，不用登临恨落晖。

古往今来只如此，牛山何必独沾衣。

——杜牧《九日齐山登高》

九月九日眺山川，归心归望积风烟。

他乡共酌金花酒，万里同悲鸿雁天。

——卢照邻《九月九日玄武山旅眺》

临江仙

陈与义

高咏楚词[1]酬午日[2]，天涯节序匆匆。榴花不似舞裙红。无人知此意，歌罢满帘风。

万事一身伤老矣，戎葵[3]凝笑墙东。酒杯深浅去年同。试浇桥下水，今夕到湘中。

[1] 楚词：即"楚辞"，一种文学体裁，也是骚体类文章的总集，这里代指屈原的作品。

[2] 午日：端午节，阴历五月初五，为纪念屈原而设。

[3] 戎葵：蜀葵，花似木槿。

译文 ^{宋词}

我高声吟诵《楚辞》，以此来度过端午。此时我漂泊在天涯远地，是一个匆匆过客。异乡的石榴花再红，也比不上京师里舞者飘飞的裙衫那般艳丽。没有人能理解我此时的心意，慷慨悲歌后，只有一身凉风吹过。

世间万事皆沧桑变幻，如今的我只空有一身老病在，墙东的蜀葵，依旧是一副不变的笑容。杯中之酒，看起来与往年相似，我将它浇到桥下的江水中，让江水带着流到湘江去。

取譬荆门慰平生

此词是陈与义在建炎三年（公元1129年）所作，这一年，陈与义流寓湖南、湖北一带；《简斋先生年谱》记载："建炎三年己酉春在岳阳，四月，差知郢州；五月，避贵仲正寇，入洞庭；六月，贵仲正降，复从华容还岳阳。"又《宋史·陈与义传》载："及金人入汴，高宗南迁，遂避乱襄汉，转湖湘，逾岭桥。"这首《临江仙》所反映的是国家遭受兵乱时节，词人在端午节凭吊屈原，感伤时，借此来抒发自己的爱国情怀。

词一开头，一语惊人。"高咏楚词"，透露了在节日中的感伤情绪和壮阔胸襟，屈原的高洁品格给词人以激励，他高声吟诵《楚辞》，深感流落天涯之苦，节序匆匆，自己却报国无门。陈与义在两湖间流离之际，面对现实回想过去，产生无穷的感触，他以互相映衬的笔法，抒写"榴花不似舞裙红"，用鲜艳灿烂的榴花比鲜红的舞裙，回忆过去春风得意、声名籍甚时的情景。宣和四年（公元1122年），陈与义因《墨梅》诗为徽宗所赏识，名震一时，权贵要人争相往来，出入歌舞宴会的频繁，可想而知。而现在却"兵甲无归日，江湖送老身"（《晚晴野望》），难怪五月的榴花会如此触动他对旧日情景的追忆。但是，"无人知此意，歌罢满帘风"，有谁能理解他此刻的心情呢？高歌《楚辞》之后，满帘生风，其慷慨悲壮之情，是可以想象的，但更加突出了词人的痛苦心情。从"高咏"到"歌罢"一曲《楚辞》的时空之中，词人以一个"酬"字，交代了时间的过渡。"酬"即"对付、打发"，这里有度过之意（如杜牧《九日齐山登高》诗"但将酩酊酬佳节"）。在这值得纪念的节日里，词人的意识在歌声中起伏流动。"节序匆匆"的感触，"榴花不似舞裙红"的怀旧，"无人知此意"的感喟，都寄托于激昂悲壮的歌声里，而"满帘风"一笔，更显出词人情绪的激荡，融情入景，令人体味到一种豪旷的气质和神态。

词的下阕，基调更为深沉。"万事一身伤老矣"，一声长叹，包含了词人多少对家国离乱、个人身世的感慨之情！人老了，一切欢娱都已成往事。正如他在诗中所咏的，"孤臣霜发三千丈，每岁烟花一万重"（《伤春》），其对自己年龄的悲叹，与词同调。"戎葵凝笑墙东"一句，是借蜀葵向太阳的属性来比喻自己始终如一的爱国思想。墙边五月的葵花，迎着东方的太阳开放。"戎葵"与"榴花"，都是五月的象征，词人用此来映衬自己旷达豪宕的情怀。"戎葵"虽为无情之物，但"凝笑"二字，则赋予葵花以人的情感，生动细腻地展现出词人不变的信念。虽然年老流落他乡，但一股豪气始终不渝。这"凝笑"二字，正是词人自己的心灵写照，具有强烈的艺术感染力。最后三句写此时此刻的心情。满腔豪情，倾注于对屈原的追忆之中。"酒杯深浅"是以今年之酒与去年之酒比较，突出时间的流逝。酒杯深浅相同，而时非今日，不可同日而语，感喟深远。用酒杯托意而意在言外，在时间的流逝中，深化了"万事一身伤老矣"的慨叹，突出了词人的悲愤之情。情绪的激荡中，唤起了词人对诗人屈原的深情怀念。"试浇桥下水，今夕到湘中"，词人虔诚地将酒浇洒入江水之中，满腔的报国热血都已托付于这"试浇"的动作及"桥下水，今夕到湘中"的遐想之中。

元好问在《自题乐府引》中说："世所传乐府多矣，如陈去非《怀旧》云'忆昔午桥桥下（应作上）饮'，又云'高咏楚词酬午日'，如此等类，诗家谓之言外句。含咀之久，不传之妙，隐然眉睫间，惟具眼者乃能赏之。"以此词而论，吐言天拔，豪情壮志，意在言外，确如遗山所说"含咀之久，不传之妙，隐然眉睫间"。我们从对"天涯节序匆匆"的惋惜声中，从对"万事一身伤老矣"的浩叹中，从对"酒杯深浅去年同"的追忆里，可以领略到词人"隐然眉睫间"豪放的悲壮情调。黄昇说《无住词》"语意超绝，识者谓其可摩坡仙之垒也"（《中兴以来绝句妙词选》卷一），指的也是这种悲壮激烈的深沉格调。

惟教屈原擅才华

如果说《诗经》开启了中国文学现实主义的风气，以稳健的脚步步入中国文学的辽阔原野，那么以屈原为代表的"楚辞"则开创了中国文学浪漫主义的传统和个性化的写作方法，以空灵的身影飘忽于中国文学的崇山峻岭之间。

楚辞是《诗经》以后的一种新诗体，它打破了四言诗的格调，吸收了民间歌谣的形式，创造了一种参差灵活的新体裁，对后世产生了深远的影响。"楚辞"这个词最早出现在汉武帝以前，到了西汉末年，刘向把屈原、宋玉以及汉朝效仿屈原辞赋的作家淮南小山、东方朔、王褒等人的作品，再加上自己写的《九叹》汇编成集，称为《楚辞》，其中收录最多的是屈原的作品。

屈原，名平，字原，战国后期楚国人，是楚国国君的同姓贵族。他博闻强记，擅长外交，品格高尚，但受到佞臣的诬陷，被楚怀王放逐。在长期的流放生活中，忧国忧民的屈原写下了大量诗篇，抒发忧愤深沉的情感，这些作品成为千古传诵的杰作。相传他在得知都城失陷的消息后，投汨罗江而死。

屈原的《离骚》是我国文学史上第一篇抒情长诗，也是最长的抒情诗，共三百七十余句，二千四百多字。前半部分是诗人的人生感慨，后半部分以神话的方式描述了神游天上的一系列幻境。全诗贯穿了以理想对抗现实的浪漫主义精神，将神话、想象、历史和自然糅合在一起，以香草、美人等一个接一个的比兴寄托诗人的感情，想象丰富奇特，场面扑朔迷离，构成了一幅奇伟绚丽的画卷，表达了诗人对未来道路的探索，"路漫漫其修远兮，吾将上下而求索"。其中的讽刺寓意和现实主义与浪漫主义相结合的创作方法，对历代文学包括诗歌的发展起到了深远的影响。

《离骚》在中国文学史上，凭借创作者屈原的人格魅力和瑰丽的文采光耀千古。屈原以他高尚的人格、非凡的文才、渊博的学识，谱写出了伟大的诗篇。他的作品还有《天问》、《九章》（共有九篇）、《九歌》（共有十一篇）、《远游》、《卜居》、《渔父》。这些作品反映了那个时代的变化，抨击了楚国朝廷中的丑恶现象。

楚辞体是屈原继承了《诗经》的四言形式，并同时对楚国的民歌进行加工和改造，然后融合在一起，创造出的一种句式变化灵活、参差错落的新诗歌形式。句式的特点是大量运用

"兮"字。

楚辞具有浓厚的地方色彩，用词华丽，对偶工巧。屈原的出现，是一个标志，代表着定型化的《雅》《颂》文学的结束，文学逐渐进入了一个自觉的作家创作时代，使我国古典诗歌的发展进入了一个崭新的阶段。

屈原在他的作品中运用丰富的想象力，将神话故事和寓言相结合，创造出了雄伟壮丽的境界，以及各种形象而生动的艺术形象，与现实形成了鲜明的对比。

他的作品广泛运用了比兴的手法，比《诗经》更为丰富和复杂。在屈原以前，我国诗歌史上的作品大多是以集体创作的面目出现的，或者与其他形式的文学、哲学、史学交织在一起，屈原则是以他个人的诗歌创作活动确立了自己的文学地位。

节分端午自谁言，万古传闻为屈原。

堪笑楚江空渺渺，不能洗得直臣冤。

——文秀《端午》

柳着河冰雪着船，小桃应误取春怜。

床头有酒须君醉，又废蒲团一夜禅。

——吕本中《正月末雪中小酌》